DAS LÄCHELN MEINER MUTTER

Ein Jahr mit Leonardo da Vinci

Marie Sellier

Aus dem Französischen
von
Margret Millischer

BERNEST

Die einfältige Caterina

Wild brodelnd führt die Loire in ihrem viel zu großen Sandbett Wasser in den Farben von Himmel, Galle und Heu, frisches Frühlingswasser, zwischen den kreideweißen Ufern und den kleinen Inseln, auf denen Vögel nisten. Hoch darüber thront Schloss Amboise, mächtig und fest verankert auf seinem Felsvorsprung.

Es ist schwül, ungewöhnlich schwül für die Jahreszeit, Ende April des Jahres 1518. Fast könnte man glauben, es wäre August. Ein milchig weißer Himmel lässt die Farben verschwimmen und lastet auf den Nacken der kleinen Wäscherinnen, die seit dem Morgengrauen an der Arbeit sind.

Entlang des Ufers bilden ihre Baumwoll- und Leinenkleider dunkle Flecken auf dem hellen Sand. Mit den Händen bearbeiten sie die Wäsche, reiben die graubraunen Leintücher auf den flachen Steinen, wieder und wieder. Dann schlagen sie darauf, wenden den großen nassen Haufen, winden die Tücher aus und werfen sie ins Wasser, undurchsichtigen Netzen gleich, die die Karpfen verjagen.

Mit dem Handrücken wischt sich Caterina rasch die Schweißperlen von der Stirn.

Denn sie scheut keine Mühe, ihre Handflächen sind rot, fast schon wundgescheuert, so lang hat sie die Wäsche im kalten Wasser gerieben, von dem ihr Kleid völlig bespritzt ist.

Schmächtig, mit ihrem zarten Nacken steht sie über den Fluss gebeugt und singt, ganz in ihre Arbeit vertieft. Oder ist es nicht eher ein Murmeln oder Klagen als eine Melodie? Sie singt mit einer seltsam heiseren, rauen Stimme, wie ein Wildbach, der die Steine mitreißt. Eine ganz tiefe Stimme, ungewöhnlich für ein so junges Mädchen.

Neben ihr machen sich drei Mädge mit rundlichen Armen ohne große Begeisterung an einem großen Wäschehaufen zu schaffen. Sie sind mehr damit beschäftigt, sich ihre Liebschaften zu erzählen, als die schweren Tücher zu schlagen. Ihre Freier sind schwer gerüstet in die Armee eingerückt. Bald werden sie in den Krieg ziehen, in den richtigen Krieg für Männer, der dann kein Kinderspiel mehr ist. Der Krieg, aus dem man nicht immer zurückkehrt, bei dem man sein Leben riskiert und jeden Tag krepieren kann wie ein Hund.

Schon vor ein oder zwei Monaten sind sie zu einem Feldzug aufgebrochen, weit weg. In welcher Garnison? Die Mädchen haben keine Ahnung. Sie haben keine Nachricht, keinen Brief, nicht einen einzigen.

Wie denn auch? Die Burschen können ja nicht schreiben.

Sie sind achtzehn Jahre alt. Die Mädchen höchstens fünfzehn. Sie lachen und tanzen gerne, und da sie keine Kinder von Traurigkeit sind, geht das Gespräch bald zu weniger ernsten Dingen über. Ganz selbstverständlich kommen sie auf das Ereignis zu sprechen, das ganz Amboise, Kinder wie Erwachsene, gleichermaßen in Atem hält: die Vorbereitungen für die Taufe des Thronfolgers, des Sohnes von König Franz I. und Königin Claude. Die Festlichkeiten beginnen in ein paar Tagen und die drei jungen Mädchen werden zum Klang von Flöten und Tamburinen bei der Vorführung mittanzen.

Caterina nimmt nicht an ihren Gesprächen teil. In Wahrheit ist sie wie immer meilenweit von ihnen entfernt. Die einfältige Caterina ist in einer Traumwelt verloren, die nur von dem Geräusch des gleichmäßigen Reibens auf der groben Leinwand und dem eintönigen Singsang, der aus ihrem Mund kommt, unterbrochen wird.

Sie steht am Ufer, schwankt unter dem Gewicht des tropfnassen Leintuchs, das sie in den Armen hält, und wirft es weit in den dunklen Fluss hinaus, wo es untergeht und sich unter Wasser wie ein Segel aufbläht.

Und sie lächelt, mit rosigen Wangen unter ihrer grauen Haube, die Haare zu einem Knoten zusammengebunden und an den Schläfen gekraust, mit hochgeschnürter Brust und enger Taille, in ihrem Kleid aus ungebleichter Baumwolle, das mit Wassertropfen aus der Loire wie mit dunklen Tupfen übersät ist.

Ein dunkler Schatten zieht über den Himmel. Eine Sturmböe streift die Wasseroberfläche wie ein böses Vorzeichen. Der Wind frischt auf und kündigt ein Unwetter an.

„Caterina! Caterina!"

Die hohe Stimme gehört einem kleinen Mädchen, das mit hochgerafften Röcken atemlos herbeiläuft.

Ein markerschütternder Schrei

Die Kleine hat ganz rote Wangen, so schnell ist sie gelaufen. Sie geht von einer Gruppe zur anderen und fragt:

„Wo ist Caterina?"

„Dort drüben!"

„Dort drüben!"

„Was ist denn los? Schrei doch nicht so laut!"

Aber die Kleine ruft nur noch lauter:

„Caterina! Caterina!"

„Da ist deine Cousine", sagen die Mädchen mit den rundlichen Armen achselzuckend.

Aber Caterina rührt sich noch immer nicht von der Stelle. Die Kleine muss sie erst am Arm packen, bis sie endlich aufschaut.

„Komm!"

Caterina runzelt die Augenbrauen.

„Komm!", schreit die Kleine noch einmal mit schriller Stimme. Caterina hebt beide Hände mit den Handflächen nach oben, als Zeichen, dass sie nichts versteht.

„Das Kind … Magdalena …", sagt das kleine Mädchen und bemüht sich, alle Silben deutlich voneinander abgehoben auszusprechen.

Da springt Caterina mit einem Satz auf und zeigt auf das mit Wasser vollgesaugte Leintuch, das auf einem flachen Stein zum Abtropfen liegt.

Das Mädchen ergreift das triefend nasse Paket an einem Ende, Caterina am anderen, und mit den Beinen fest abgestützt wringen die beiden es mit ganzer Kraft aus, um das Wasser herauszupressen.

Caterina legt die Wäsche in einen großen Weidenkorb, den sie auf ihre Hüfte stützt und eilt ihrer kleinen Cousine nach, die wie ein Zicklein auf dem grasbewachsenen Weg dahinspringt.

Die Sonne verdunkelt sich. Ein heftiger Windstoß erfasst die Zweige und reißt eine Handvoll Blätter ab, die durch die Luft davonwirbeln. Schon bald wird es zu regnen beginnen. Das war bei der Hitze ja gar nicht anders zu erwarten.

Der Korb drückt Caterina auf die Hüfte und behindert sie beim Gehen. Das Haus des Schmieds und das der alten Monnier hat sie schon hinter sich gelassen. In weiter Ferne hinter den Baumkronen verbirgt sich die elegante Silhouette des kleinen Schlösschens Cloux, in dem Magdalena arbeitet, im Dienst des berühmten Gastes des französischen Königs, des großen Leonardo da Vinci.

Ein Regentropfen rinnt über Caterinas Wange, andere klatschen auf den Boden. Ihre kleine Cousine hat sich untergestellt, Caterina verlangsamt den Schritt. Sie würde gerne schneller laufen, aber sie schafft es nicht. Der Korb ist eindeutig zu schwer. Sie wird ganz nass werden. Der Regen prasselt ihr auf die Schultern, dringt durch das dünne Baumwollhemd, rinnt ihr den Rücken hinunter, bis sie bis auf die Haut durchnässt ist. Auf dem Weg bilden sich schon Sturzbäche. Sie bleibt stehen, stellt den Korb ab und schaut in den Himmel hinauf. Ein schwarzer Vogel fliegt durch die Wolkendecke. Sie lässt den Regen über ihr Gesicht rinnen.

Kaum hat Caterina den kleinen Raum betreten, in dem ihre Familie wohnt, als ein Schrei ertönt. Ein Schrei wie von einem Tier, das in die Falle gegangen ist. Ein Schrei, der nichts Menschliches an sich hat und die Scheibe des einzigen Fensters zum Erzittern bringt, bevor er die Luft durchschneidet, bis auf die Gasse hinaus, wo ein paar neugierige Nachbarinnen sich bekreuzigen und auf die Lippen beißen.

„Jetzt schreit sie schon seit zwei Stunden", seufzt eine von ihnen.

„Die arme Kleine!"

Das Glück des Königs

Der junge König Franz I. gähnt, streckt seinen mächtigen Körper und seufzt behaglich. Er ist heute äußerst vergnügt und bestens gelaunt. Jeden Augenblick soll der Taufpate seines Sohnes, Lorenzo de' Medici, mit seinem Hofstaat aus Florenz eintreffen, um an den Tauffeierlichkeiten, die in drei Tagen beginnen werden, teilzunehmen. Er hat einen Sohn! Beim Gedanken an den strammen Buben, der munter in seiner Wiege strampelt, wird der Monarch von einer Welle des Stolzes erfasst.

Den 28. Februar 1518 wird er nicht so schnell vergessen! Ein wahrhaft segensreicher Tag!

Was für ein überwältigendes Gefühl, den Neugeborenen erstmals zu sehen, der kaum ein paar Stunden alt, schon kräftig an der Brust seiner Amme saugte!

„Mein Sohn!", hatte er laut ausgerufen.

Bei der Geburt seiner beiden Töchter, der kleinen Prinzessinnen Louise und Charlotte, hatte er nicht eine solche Freude empfunden.

Daraufhin hatte er den Säugling gepackt und gegen den Himmel gehalten. Als wollte er ihn Gott und der Welt darbringen.

Die winzigen Lippen des Kindes hatten noch einen Augenblick ins Leere gesaugt, und seine Wangen waren purpurrot angelaufen. Es hatte mit den Armen durch die Luft gerudert, den Mund verzogen und zu schreien begonnen.

„Schon gut, mein Sohn“, hatte er gesagt und das Kind wieder seiner Amme in den Arm gelegt, „ich störe euch nicht weiter beim Trinken.“

In ihrem großen Wöchnerinnenbett erschien die Königin Claude noch zarter und zerbrechlicher als sonst. Doch sie strahlte vor Glück. An ihrem Hals glänzte der Perlenschmuck, den er ihr geschenkt hatte.

Sie schien so glücklich, ihm einen Sohn geboren zu haben!

Sie war dadurch beinahe hübsch geworden. Fast hätte er darüber ihre flache Brust vergessen und das kürzere Bein, mit dem sie so hässlich hinkte. Er hatte sich über sie gebeugt, sie auf die Stirn geküsst und gesagt:

„Meine Liebe, Sie haben mich zum glücklichsten aller Männer gemacht.“

Bei ihrem Blick hatte er gefühlt, dass diese wenigen Worte seine junge, neunzehnjährige Ehefrau, die er seit ihrer Eheschließung ständig so vernachlässigt hatte, trösteten.

Aber was konnte er dafür? Er liebte den Krieg und die Frauen zu sehr!

Eine Welle der Zufriedenheit erfüllte seine stolzgeschwellte Brust.

Dieses Gefühl der Fülle, diesen Eindruck, der absolute Herrscher einer grenzenlosen Welt zu sein, hatte er seit dem Sieg von Marignano nicht mehr in dieser Intensität verspürt.

Das war vor knapp drei Jahren gewesen, damals war er gerade einundzwanzig Jahre alt.

Erst kurz davor hatte er den Thron Frankreichs bestiegen, seine Stirn war in der Kirche in Reims gesalbt und er selbst mit der Krone der französischen Könige gekrönt worden. Er war voller Kraft und Hoffnung …

Und schon führte er seine Truppen, mehr als 50.000 Mann, über die Alpen und stürzte sich mutig, mit unbändiger Kampfeslust und wehendem Helmbusch auf den Feind.

Umgeben von seinen Kriegskameraden Bourbon, La Palice, Fleuranges und Bayard triumphierte er, den man „Ritter ohne Furcht und Tadel" nannte, schließlich nach einem erbitterten Kampf, der kaum mehr als einen Tag und eine Nacht gedauert hatte, im Staub, im Kugelhagel, dem matten Glanz der Säbel und Stahlrüstungen.

Doch an diesem 28. Februar 1518 handelte es sich um einen ganz anderen Sieg, um einen

Sieg von Fleisch und Blut. Um sein Fleisch und Blut.

Wie sehr war dieser kleine Prinz erhofft worden, der nach zwei Mädchen am letzten Februartag geboren wurde! „Um fünf Uhr achtzehn am Nachmittag", hatte Louise von Savoyen, die Mutter des Königs und glückliche Großmutter peinlich genau in ihrem Tagebuch vermerkt.

Das Kind hatte den Vornamen Franz bekommen, wie sein Vater. Aber auch zu Ehren des Einsiedlers Franz von Paola, an dessen Grab Louise von Savoyen inständig gebetet hatte, dass endlich ein Erbe der Krone Frankreichs geboren würde. Derselbe Einsiedler hatte ihr 23 Jahre davor die Geburt ihres angebeteten Sohnes Franz vorausgesagt, den sie hingebungsvoll ihren „Cäsar" nannte, nach dem Namen des berühmtesten der römischen Kaiser. Hatte Franz von Paola nicht auch vorausgesagt, dass er König von Frankreich sein würde?

Erinnerung an den Vater

Franz I. macht seinem Ärger Luft. Gerade hat ihm ein Gesandter angekündigt, dass Lorenzo de' Medici mit ein oder zwei Tagen Verspätung eintreffen würde. Dabei hat er den ganzen Tag im Schloss verbracht, um auf ihn zu warten! Was für eine Zeitverschwendung! Ein ganzer Tag ohne zu jagen oder zu reiten! Nein, alles, was Recht ist, er verträgt es nicht, wenn man ihm seine Lustbarkeiten versagt. Ein wilder Bewegungsdrang erfasst ihn. Er muss sich die Beine vertreten, sich zerstreuen. Er schimpft und schreit, ärgert sich und geht zornig hin und her. Was kann er nun mitten am Nachmittag noch Vergnügliches unternehmen?

Er grollt noch ein bisschen, findet aber bald seine gute Laune wieder. Ihm ist etwas eingefallen: Er wird dem berühmten Italiener Leonardo da Vinci, der seit einigen Monaten bei ihm am französischen Königshof zu Gast ist und den er wie einen Vater schätzt und achtet, eine „Überraschung" überbringen.

Der Verstand und das umfassende Wissen Messer Leonardos erscheinen ihm überwältigend. Er kann es immer noch nicht fassen, dass dieser seine Einladung, nach Frankreich zu kommen und sich in seinem Königreich niederzulassen, angenommen hat. Wie erfüllt es ihn mit Stolz! Zweifellos beneidet ihn die ganze Welt um diesen außergewöhnlichen Gast.

Franz I. ist dem ehrwürdigen Greis dafür so dankbar, dass er ihm nicht nur eine Pension von 1000 Gold-Ecus bezahlt und das hübsche kleine Schlösschen in Cloux zur Verfügung stellt, sondern ihn auch mit Geschenken überhäuft, die meist nur ein Vorwand sind, um ihm einen Besuch abzustatten.

Das Unterhaltung mit ihm begeistert ihn.

Denn Leonardo ist nicht nur sein „erster Maler und Architekt", er ist in allem der Beste und der Größte, in Geometrie, Mechanik, Hydraulik, Geologie und Anatomie ... Keine Disziplin ist von seiner Neugier ausgenommen. Sein enzyklopädisches Wissen und seine Forschungen erstrecken sich über alle Bereiche. Mit seinem Einfallsreichtum nimmt er die Zukunft vorweg. Er kennt keine Schranken, keine Grenzen. Er ist ein einzigartiger Erfinder, der sich die unglaublichsten Maschinen ausdenkt, die dazu geeignet sind, die Welt zu revolutionieren.

Kann es sein, dass Menschen eines Tages mit diesen Vögeln aus Holz und Leinwand, die er konstruiert hat, fliegen? Dass sie zum Meeresgrund hinabsteigen und unter Wasser gehen können, und dabei wie auf der Erde atmen und überhaupt nicht nass werden?

Zum Schlösschen Cloux gelangt man ganz einfach: Ein Geheimgang verbindet Schloss Amboise mit der Wohnstätte Leonardo da Vincis.

Franz I. freut sich immer, das schmucke Gebäude seiner Kindheit aus rosa Ziegeln und weißem Stein wiederzusehen. Denn in diesen edlen Gemäuern ist er aufgewachsen, in Gesellschaft seiner um zwei Jahre älteren Schwester Marguerite, unter der fürsorglichen Obhut ihrer Mutter, Louise von Savoyen. Nachdem diese mit neunzehn Jahren Witwe geworden war, widmete sie ihre schönsten Jahre der Erziehung ihrer beiden Kinder, zitterte bei jeder ihrer Krankheiten, geriet bei jedem Sturz und bei jeder Verletzung ihres Cäsars außer sich. Denn Franz war schon als Kind draufgängerisch und waghalsig.

Der junge König lächelt beim Gedanken an seine geliebte Mutter. Sie war ganz bestimmt die liebevollste und aufmerksamste aller Mütter! Nach dem frühen Tod seines Vaters, Karl von Orléans, war es ihr größtes Anliegen, aus ihm einen vollendeten Edelmann zu machen. Sie hatte auf eine harmonische Entwicklung seines Geistes und seines Körpers geachtet, ihn sorgfältig ausgewählten Erziehern anvertraut, die damit beauftragt waren, ihm die Liebe zu Literatur, Sprachen, Künsten und

Wissenschaften zu vermitteln. Andere Lehrer wiederum hatten die Aufgabe, ihn in die Kunst des Krieges und der Jagd einzuführen.

Wie groß war ihm der Garten von Cloux damals vorgekommen! Und welchen Spaß hatte er damals, als er mit seinen Freunden Philippe Chabot, Anne[1] de Montmorency und Fleuranges zwischen Taxushecken und Haselnusssträuchern Ball und Krieg spielte. Manchmal auch in dem kleinen Obstgarten, zwischen den Obstbäumen oder im Gemüsegarten, wobei sie zum Leidwesen seiner Amme Mathurine die Reihen mit Knoblauch, Zwiebeln und Kohlrüben zertrampelten …

Damals liebte er es über alles, mit ihnen in der Amasse, dem stillen Flüsschen, das durch den Garten fließt, zu baden! Und im Schloss herumzulaufen und Verstecken zu spielen, vom Keller bis zur Privatkapelle Anne de Bretagnes, selbst auf die Gefahr hin, sich auf der Steintreppe die Knochen zu brechen!

Stolz hatte er im nahegelegenen Wald Reiten gelernt, ohne Sattel und Decke, wie es sich für einen Edelmann geziemt. Und dort im Hochwald und im Unterholz hatte er die Lust des Jagens kennengelernt und bis zur Erschöpfung alle nur erdenklichen Arten von Wildtieren, ob mit Federn, Fell, Hörnern oder Geweih verfolgt.

---

1 Damals war Anne auch ein männlicher Vorname.

„Später“, träumt er, „werde ich meinem Sohn das Jagen beibringen. Wir werden gemeinsam über unsere schönen Güter im Loiretal reiten, wir werden bei La Chapelle den Hirschen nachstellen, und ich werde ihm zeigen, wie man sie mit dem Netz fängt.“

Bei diesem Gedanken füllen sich seine Augen mit Tränen und er wird plötzlich von seinen Gefühlen überwältigt. Er hat diesen vertrauten Umgang mit einem Vater nie gekannt. Der seine ist gestorben, als er kaum ein Jahr alt war. Doch seine Rührung ist nur von kurzer Dauer. Er ist kein Mann, der sich von Gefühlen beherrschen lässt.

„Holla“, ruft er laut in den Raum, „man hole die Überraschung für Messer Leonardo!“

In Begleitung von zwei Pagen, von denen einer eine brennende Fackel und der andere ein großes, mit granatroter Seide umhülltes Paket trägt, steigt der junge König in den engen unterirdischen Gang hinab …

Der Tod geht um

Zu Hause angekommen, braucht Caterina einige Zeit, bis sie sich an das Halbdunkel gewöhnt.

Als sich der Schleier der Dunkelheit endlich hebt, erkennt sie ihre Tanten Pippa und Francesca, ihre Cousine Anna, zwei Nachbarinnen und ganz hinten, dort, wo das Bett steht, die massige Gestalt der alten Witwe Lardin, die in Amboise über alle Geburten wacht.

Pepe mit rotzverschmiertem Gesicht streckt ihr die Arme entgegen und quietscht wie eine Maus. Caterina drückt ihren Bruder an sich, streicht ihm über den Kopf, den man ihm kahl scheren musste, um zu versuchen, die Krätze, von der er befallen war, wegzubekommen.

Wiederum ertönt ein Schrei, danach ein langanhaltendes Stöhnen. Hier ist ganz bestimmt kein geeigneter Ort für ein Kind.

Caterina nimmt ein Stück Stoff, das dort auf einer Truhe liegt, bedeckt damit Pepes Kopf und trägt ihn hinaus. Genauso plötzlich, wie er begonnen hat, hat der Regen wieder aufgehört. Geruch von nasser Erde liegt in der Luft und ein schöner

Regenbogen spannt sich wie eine Brücke über die Hausdächer. Pepe entdeckt ihn begeistert und bewegt wild die Hände, als wollte er ihn fangen.

Ihre Tante Francesca, eine großgewachsene, energische Frau kommt ihnen nach.

„Gib ihn mir, ich nehme ihn mit. Bei mir zu Hause mit meinen Kindern ist er besser aufgehoben."

Sie packt den überraschten Kleinen, der sich an seine Schwester klammert, schrille Schreie ausstößt und sich mit der ganzen Kraft seiner dünnen Arme und Beine wehrt. Aber Francesca ist stärker. Sie presst Pepe gegen ihre ausladende Brust und trägt ihn ohne viele Umstände fort.

Ein neuerlicher Schrei zerreißt die Luft. Caterina kehrt in das Zimmer zurück. Erst jetzt bemerkt sie ihren Vater. Mit dem Kopf zwischen den Händen ist Antonio Graci über dem Tisch zusammengesunken. Diese entsetzlichen Schmerzensschreie hat er sofort wiedererkannt. Genauso hat es geklungen, als vor etwas mehr als einem Jahr seine Frau Giulia, die Mutter seiner Kinder, gestorben ist, als sie Emilio, den blassen, kränklichen Buben auf die Welt gebracht hat, den man – niemand weiß, warum – niemals anders als Pepe genannt hat.

Muss sich die Geschichte heute wirklich wiederholen?

Wie soll er es ertragen, dass Magdalena, seine älteste Tochter, sein ganzer Stolz, sein Schatz, die man im Dorf nur „die schöne Magdalena" nannte, nun auch von diesem Fluch heimgesucht wird. Verdammter Fleuranges! Denn er ist der eigentlich Schuldige. Jeder in Amboise weiß, dass der beste Freund des Königs Magdalena verführt hat.

Magdalena und Giulia

Antonio ist nicht blind. Er hat sehr wohl das Glänzen in den Augen seiner Tochter bemerkt, als sie ihm erzählt hat, dass ein Edelmann ins Schloss gekommen war, um den großen Leonardo da Vinci zu treffen, zuerst in Begleitung des Königs, dann allein. Und zwar so oft, dass man nicht besonders schlau sein musste, um zu verstehen, dass er nicht nur wegen des Meisters kam.

Magdalena hatte die Schönheit ihrer Mutter geerbt: die hohe Stirn, die schönen mandelförmigen Augen, eine gerade Nase, einen kleinen sinnlichen Mund im vollkommenen Oval eines Madonnengesichts.

Und da dem Willen eines Edelmanns nichts widersteht, hatte Fleuranges bekommen, was er wollte. Die Großen dieser Welt schert es recht wenig, ob sie einem Mädchen die Ehre rauben. Sie kaufen sich frei, indem sie ihr eine Halskette oder einen Ring schenken, bevor sie unbeschwert wieder in ihr Heim zurückkehren.

Antonio hatte die zarte Perle sehr wohl gesehen, die seit kurzem den Hals seiner Tochter schmückte, während sie mehr schlecht als recht versuchte, ihre runden Formen unter weiten Schürzen zu verbergen.

Ihn konnte man nicht täuschen. Ihm war sofort klar geworden, dass sie ein Kind erwartete. Aber er hatte nichts gesagt.

Denn letztlich ist er nur ein Ausländer, ein armer italienischer Tischler, der vor gar nicht allzu langer Zeit mit seiner Familie aus der Toskana hierher gekommen ist.

Er weiss nur allzu gut, dass man gegen die Reichen und Mächtigen nichts ausrichten kann. Seit seiner Ankunft in Frankreich steht er in ihren Diensten. Es fehlt ihm zwar nicht an Aufträgen, aber er ist ihnen bedingungslos ausgeliefert und wird nicht immer seiner Arbeit entsprechend entlohnt. Aber was kann er schon tun? Er muss den Mund halten und es sich gefallen lassen, um seine Familie zu ernähren.

Die Witwe Lardin geht mit schweren Schritten hin und her, sodass sie die niedrigen Deckenbalken fast ins Wanken bringt. Antonio hält sich die Ohren mit den Händen zu, um das andauernde Stöhnen Magdalenas nicht mehr hören zu müssen.

Er muss an seine Giulia denken, die so schön war, als er sie geheiratet hat. Und an ihr Gesicht zwanzig Jahre später: wachsbleich, mit Ringen unter den Augen und ausgemergelten Zügen.

Mit 36 Jahren erschien sie alterslos, mit unförmigem Körper, zu schweren Beinen, abgemagerten Armen, ihre arme Brust abgenützt von sechzehn Schwangerschaften hintereinander.

Sechzehn Schwangerschaften! Als ob die Kleinen ohne Unterlass in ihrem Körper keimten und heranwuchsen und ihr von innen das Leben entzogen. Die Frage war, wie sie sich überhaupt noch auf den Beinen halten konnte.

Manchmal überlebten die Säuglinge nur ein paar Stunden, wenn sie nicht überhaupt schon tot geboren wurden. Sechzehn Schwangerschaften für fünf lebende Kinder: Magdalena, die älteste, Maria, Caterina, Carlo und Pepe, der Letztgeborene, der so klein war, dass es fast an ein Wunder grenzte, dass er überhaupt am Leben geblieben war.

Von den Mädchen lebt nur noch Caterina zu Hause. Caterina, die Einfältige, die nichts sagt, kein einziges Wort seit dem Tod ihrer Mutter, als hätte diese die Sprache ihrer Tochter mit ins Grab genommen. Magdalena ist als Dienstmagd im Schlösschen Cloux angestellt, Maria bei einem Herrn in der Umgebung.

Caterina kümmert sich um das Haus und um ihre Brüder. Von früh bis spät ist sie auf den Beinen, aber niemand interessiert sich wirklich dafür, was sie denkt oder fühlt.

Der grosse Gilles

Caterina nähert sich dem Bett, in dem ihre Schwester hinter geschlossenen Vorhängen in einem Durcheinander von Leintüchern liegt. Magdalena ist so blass, dass man glauben könnte, ihr Leben sei schon aus dem Körper gewichen.

„Geh dich doch umziehen", schreit ihr die Witwe Lardin entgegen und zeigt auf ihr durchnässtes Kleid. „Es reicht, wenn sich heute eine den Tod holt."

Das junge Mädchen betastet den im warmen Halbdunkel dampfenden Stoff und zieht sich hinter einer Truhe unauffällig einen trockenen Rock und ein frisches Mieder an.

Als sie zu ihrer Schwester zurückkommt, hält die Witwe Lardin ein kleines blutiges Paket in die Höhe, von dem Caterina den Blick abwendet. Was sie da gesehen hat, das kann kein Kind sein. Sie trifft auf den entsetzten Blick ihrer Tante Francesca, die sich mit einem Tuch in der Hand auf Magdalena stürzt, nein mit zwei, mit drei.

Denn Magdalena verliert so viel Blut, schönes hellrotes Blut, das nichts zum Stillstand bringen kann und das aus ihrem Körper herausfließt wie das Leben, während ihr graues Gesicht auf dem Polster ruht. Kein Schrei mehr, kein Stöhnen. Ihre Augen sind geschlossen. Lautlos hat ihre Seele den Körper verlassen. Magdalena lebt nicht mehr.

Caterina kniet neben dem Bett nieder und küsst die leblose Hand ihrer Schwester. Der Vater tritt hinzu. Sein Blick ist leer. Caterina überlässt ihm den Platz am Kopfende des Bettes seiner ältesten Tochter.

In diesem Augenblick tritt ein großer braunhaariger Bursch mit buschigen Augenbrauen ins Zimmer. Sein Hemd aus grobem Leinenstoff ist über seiner behaarten Brust weit ausgeschnitten, an seinem Gürtel hängt ein großes Küchenmesser. Alle kennen den großen Gilles in Amboise.

„He, Madeleine, wo bist du? Die Alte ist wütend, sie wartet seit heute früh auf dich. Du solltest dich sofort … Sonst, glaub mir, wirst du …"

Der Satz bleibt unvollendet. Nur undeutlich nimmt Gilles die reglosen Gestalten im Raum wahr. Er fühlt plötzlich die ungewöhnliche, bleierne Stille, die nichts Gutes verheißt.

„Magdalena?", setzt er noch einmal an.

„Friede ihrer Seele", antwortet ihm eine Frauenstimme.

Gilles macht einen Schritt zurück. Es ist nicht gut, sich in einem Haus aufzuhalten, in dem der

Tod gerade zugeschlagen hat. Kann man denn wissen? Wenn er Lust bekommt und es nochmals tut? Besser ist es, die Beine unter die Arme zu nehmen und …

Aber Mathurine, die Köchin im Schlösschen Cloux, hat ihm unmissverständlich zu verstehen gegeben: „Komm ja nicht ohne das Mädchen oder eine ihrer Schwestern zurück", hat sie zu ihm gesagt. Und sie hat hinzugefügt: „Antonio Graci hat ja drei Töchter!"

Denn Mathurine hat sich verletzt, und zwar arg.

Durch einen tiefen Schnitt am Finger kann sie die rechte Hand nicht verwenden und deshalb auch Meister Leonardo, den Schützling des Königs, nicht so bedienen, wie er es verdient, und wie sie es seit ein paar Monaten tut, seit er aus Florenz angekommen ist.

Der große Gilles stottert:

„Sie ist also … dahingegangen, Madeleine!"

„Ja", antwortet Antonio, „gerade erst jetzt."

„Es ist nur", flüstert der Bursche, beeindruckt durch die Anwesenheit der Toten im Raum, „dass Mathurine eine Hilfe im Schloss braucht. Wenn ich allein zurückkomme, wirft sie mich hinaus, und ich muss wieder hinaus und eine Dienstmagd suchen. Könnte nicht Maria mit mir kommen?"

„Du weißt doch, Gilles, dass Maria seit einem Jahr nicht mehr bei uns lebt."

„Das stimmt, ja, das stimmt. Und was ist mit … Caterina?"

„Caterinas Platz ist nicht im Schloss. Sie könnte sich dort nicht zurechtfinden."

„Mathurine wird es ihr schon zeigen."

„Sie würde es nicht verstehen."

„Oja. Wenn Mathurine es ihr zeigt, wird sie es verstehen", wiederholt Gilles hartnäckig. „Meister Leonardo lebt nicht auf großem Fuß, er verbringt seine Tage mit dem Studium wie ein Weiser. Er ist liebenswürdig und bescheiden, und Battista ist auch noch da, um ihn zu bedienen, so wie der andere, sein Schüler, der Melzi. Und es handelt sich vielleicht nur um ein paar Monate."

Er schweigt und wartet. Antonio sagt nichts.

Der Bursche schaut finster.

„Soll ich Mathurine wirklich sagen, dass Ihr euch weigert?"

Antonio weiß, was das heißt. Mathurine ist eine Vertraute des Königs, sie war früher seine Amme. Ein Wort von ihr reicht, um ihn bei Hof in Misskredit zu bringen.

„Sie soll nur gehen", sagt die Tante Peppa zu ihrem Bruder, „ich werde mich mit Anna um Carlo und Pepe kümmern. Schließlich ist sie schon fast elf Jahre alt, da kann sie schon das Haus in Ordnung halten." „Also gut! Ihr Wille geschehe", murmelt Antonio.

In Leonardos Zimmer

Leonardo sitzt an seinem Arbeitstisch, die Feder in der Hand.

Sein Blick verliert sich durch das schmale Bogenfenster in die Weite, in Richtung der Türme von Schloss Amboise, dessen elegante Silhouette sich kaum vom goldenen Dunst abhebt, der von der Loire aufsteigt. Seine Augen sind von kleinen Falten umgeben und haben die unbestimmte Farbe der Flüsse im Winter: grün, schmutzig blau und grau. Und sein wallender weißer Bart fällt über den breiten Marderkragen des bequemen pelzbesetzten Mantels, den er den ganzen Winter hindurch getragen hat.

Das Wetter ist eigenartig, alles erscheint verschwommen.

Ist dieser Dunst, der seinen Blick auf alles trübt, durch die Eigenheit des Landes an der Loire oder durch sein Alter bedingt?

Der alte Mann taucht seine Feder in die braune Tinte und macht sich wieder ans Schreiben, mit dieser festen, runden Schrift, die von rechts nach links läuft, diese geheimnisvolle Schrift, die die

Normalsterblichen nur mit Hilfe eines Spiegels lesen können.

Warum sollte er darauf verzichten, verkehrt zu schreiben, da es ihm doch so leicht von der Hand geht? Kinderleicht! Als Kind war er Linkshänder, doch seit langem ist er mit der rechten Hand genauso geschickt wie mit der linken. Aber die Idee gefällt ihm, sich seine eigene Schrift geschaffen zu haben und so das Geheimnis seiner Manuskripte bewahren zu können.

Er weiß zwar, manche tuscheln hinter seinem Rücken, dass der Teufel seine Hand im Spiel hat. Doch er schert sich nicht um die von neidischen und bösartigen Menschen verbreiteten Gerüchte, die alles gleich verurteilen, was sie nicht verstehen.

Er notiert: „Die Mitteilungsmöglichkeit des Menschen ist gewaltig, doch das meiste, was er sagt, ist hohl und falsch!"

„Meister, Meister!"

Battista stürzt ins Zimmer. Vor Aufregung ist er ganz rot im Gesicht.

„Der König ist im Hof, er wünscht Euch zu sehen."

Leonardo legt seine Feder hin und wendet sich bedächtig seinem Diener zu.

Für gewöhnlich bewegt er sich nicht so langsam. Aber seit einigen Tagen hat er Schmerzen im Hals und im Arm. Diese verdammte Feuchtigkeit im Loiretal! Als hätte der ungezähmte Fluss den Boden und die Luft durchtränkt, die Keller und Wände der Häuser angegriffen und wäre in alle Tapisserien und Bettdecken eingedrungen.

Die Wärme gelangt nur schwer durch die Mauern und sein dicker Mantel ist gerade recht, um seine Knochen zu wärmen.

Leonardo spürt sehr wohl, wie sein gefühlloser Arm nach und nach steif wird. Auch wenn er seine täglichen Übungen macht, den Arm, die Hand, die Finger bewegt, hat er nun das Gefühl, an Stelle der Gliedmaße ein Holzstück zu haben.

Battista wartet, gespannt an seinen Lippen hängend.

„Was soll ich dem König antworten?"

„Dass ich ihm entgegengehe."

Battista hört nicht mehr zu, er stürzt die Treppe hinunter, um dem Herrscher mitzuteilen, dass Leonardo ihn empfangen wird.

Eine lebendige Überraschung

Die Silhouette des Königs zeichnet sich im Türrahmen ab. Er hat einen hellen Teint, schwarze Haare und eine so stark vorstehende Nase, dass er lange Zeit den Spitznamen „Großnase" hatte. Er ist fast zwei Meter groß, trägt stolz einen Hut mit Federbusch, ein leuchtend grünes Samtwams und darüber eine schwere Goldkette. Gerührt betrachtet er Leonardo, der ihm entgegen kommt. Wie zart und gebrechlich er ihm erscheint, sein großer Künstler. Und dabei soll er früher fast so groß gewesen sein wie er.

Er erinnert sich an ihre erste Begegnung.

In Bologna war es gewesen, kurz nach seinem triumphalen Sieg in Marignano. Papst Leo X., mit dem er dort Friedensverhandlungen führte, wollte, dass Leonardo dabei anwesend war, denn er wusste, dass der Franzosenkönig ihn bewunderte.

Wie sehr hatte ihn Leonardo an diesem Tag eingeschüchtert. Er hatte kaum gesprochen, doch sein vielsagendes Schweigen und sein verständiger Blick hatten mehr Eindruck auf ihn gemacht als die brillanteste Rede.

Der junge französische König hatte ihn danach in Pavia wiedergesehen, wo der große Künstler zu seinen Ehren ein paradiesisches Fest in der freudig jubelnden Stadt ausgerichtet hatte. Franz I. erinnert sich noch immer daran ... Er, Franz, war unter den Hurrarufen der Menschenmenge vorwärts geschritten, über ein prunkvolles blaues Seidentuch zum Klang von Violen, Trompeten und Flöten, bis zu einem imposanten mechanischen Löwen, aus dessen Maul sich Massen von Lilienblüten zu seinen Füßen ergossen. Niemals war er so gefeiert worden! Wie hätte er sich damals vorstellen können, dass der geniale Organisator dieses Festes eines Tages sein Gast sein würde!

Der König kommt lächelnd näher und schließt Leonardo in seine Arme.

„*Padre*, ich freue mich, Euch zu sehen!"

„Ich ebenso, Sire, was für eine schöne Überraschung! Solltet Ihr nicht heute Besuch von Lorenzo de' Medici bekommen?"

„Sehr wohl, doch er hat sich verspätet. Er wird erst morgen eintreffen."

„Gelobt sei dieser Umstand, der mir das Vergnügen verschafft, Euch hier zu sehen. Wie geht es der Königin und dem Thronfolger?"

„Das Kind ist kräftig und brüllt laut, wie sein Vater. Und die Königin ist rosig und strahlend. Ich weiß, dass sie ungeduldig darauf wartet, Euch zu zeigen, wie groß und stark ihr Sohn geworden ist."

„In der Zwischenzeit habe ich Euch eine Überraschung mitgebracht", setzt er hinzu und deutet auf das geheimnisvolle Paket, das der kleine Page, ein reizender Blondkopf, der neben ihm steht, vorsichtig trägt. „Komm her, mein Junge, zeige uns, was du da versteckst."

Der kleine Page errötet und zieht behutsam das Seidentuch weg. Dabei kommt ein großer goldener Käfig zum Vorschein, in dem ein ganz kleiner verschreckter Affe mit den Augen ins Licht blinzelt. Sein winzig kleines, schwarzes Gesicht ist von hellen Haaren eingerahmt. Er spielt mit seinen Fingerspitzen und wendet den Blick von links nach rechts.

„Ich weiß, wie sehr Ihr Tiere liebt", sagt der König. „Daher habe ich, als man mir diesen Makaken brachte, sogleich daran gedacht, ihn Euch zu schenken. Er kommt aus Afrika. Er ist ganz jung und sehr verspielt. Er wird Euch bestimmt amüsieren."

„Sire, ich weiß nicht, wie ich Euch danken soll. Ich hatte einst, als ich für den Herzog Sforza in Mailand arbeitete, einen kleinen Affen, der diesem ähnlich schaute. Salai liebte ihn abgöttisch."

Bei der Erwähnung des Namens seines geliebten Schülers, seines vergötterten Adoptivsohnes, seines „kleinen Teufelsbratens" huscht ein Schatten von Traurigkeit über Leonardos Gesicht.

Salai war soeben wieder nach Florenz abgereist, er hatte erklärt, dass das Leben auf dem französischen Land ihm todlangweilig erschien und er nicht einen Tag länger die Feuchtigkeit des Loiretales und die Dummheit der Franzosen ertragen könnte.

Ein Erdbeben hätte keine größere Wirkung auf Leonardo haben können. Wie konnte ihn Salai so einfach verlassen? Seit mehr als zwanzig Jahren lebten sie doch unter dem gleichen Dach?

Ja, mehr als zwanzig Jahre! Salai war zehn Jahre alt gewesen, als er als Lehrling in seine Werkstätte eingetreten war. Er war aufgeweckt, fröhlich, zornig und verschlagen. Aber unwiderstehlich! Von Salai ließ sich Leonardo um den Finger wickeln, er war ganz verrückt nach ihm. Er verzieh ihm alle Dummheiten und bezahlte später seine sämtlichen Schulden.

Und doch hatte er ihn schließlich wegfahren lassen. Man konnte Salai nichts abschlagen.

Vorsichtig nähert Leonardo seine Hand, steckt einen Finger durch die Gitterstäbe des Käfigs und streichelt den zarten Rücken des Affen. Unter dem weichen Pelz spürt er die winzigen ineinandergreifenden Wirbel seines kleinen Skeletts.

„Sie können ihn herausnehmen, *Padre*, er ist nicht so wild, wie er aussieht“, meint der König amüsiert.

Leonardo schiebt den Riegel hoch, macht die

Tür auf und greift mit der Hand in den Käfig. Der Affe weicht zurück. Über seinen Rücken läuft ein kurzes Zittern.

Er hebt den Kopf, flitzt aus dem Käfig, klettert über den ausgestreckten Arm Leonardos hinauf und bleibt auf dessen Schulter sitzen. Sein kleines schwarzes Gesicht hebt sich vom weißen Bart des Meisters ab.

Leonardo spürt, wie eine warme Flüssigkeit über seinen Hals rinnt.

„Mmh! Ich glaube, er hat mich gerade angepinkelt!"

Der König lacht laut. Er ist begeistert.

„Er hat nicht lange gebraucht, um Euch an Vaters Statt anzunehmen."

„*Mascalzone*!", schreit Battista. „Wartet nur, dass ich Euch von ihm befreie."

Der kleine Affe steckt den Kopf in Leonardos Bart. Der König lacht noch lauter.

„Lass nur, Battista", wehrt Leonardo ab. „Das Unglück ist schon passiert. Er ist vor Angst fast gestorben."

„Ich habe der Königin seinen Zwillingsbruder gebracht, um ihr dafür zu danken, dass sie mir einen Erben geschenkt hat", erzählt der König, „aber sie hat ihn kaum angeschaut. Sie hatte nur Augen für ihren Sohn."

„Ich habe kein Geschenk verdient, Sire. Nur die Königin hatte in diesen Tagen des Glücks einen Anspruch darauf."

„Bestimmt, *Padre*, aber es war mir ein Vergnügen. Ich habe Euch doch gesagt, er wird Euch amüsieren!"

Leonardo zwingt sich zu einem Lächeln.

In Wirklichkeit kratzt ihn der kleine Affe gerade mit seinen spitzen Nägeln am Hals.

Wer ist diese Schönheit?

Kaum, dass er gekommen ist, ist der König schon wieder im Aufbruch begriffen. Es hält ihn nicht lange an einem Ort, weder heute noch sonst.

Sein Blick geht von Leonardo zum Fenster, vom Fenster zum Tisch, vom Tisch zur Tür, wo er bei der reizendsten aller Erscheinungen hängen bleibt.

Auf der dem großen, dunklen Holzbett gegenüberliegenden Wand lächelt ihm eine junge Frau zu.

Sie strahlt eine ruhige Schönheit aus, die aus dem Inneren der Seele zu kommen scheint.

Franz I. betrachtet das Porträt, das Leonardo aus Italien mitgebracht hat. Der Meister hatte es ihm schon gezeigt, aber noch nie konnte er ihm so viel Reiz abgewinnen wie an diesem Tag.

Geradezu überschwänglich führt er seine Hand zum Herzen.

„Sagt mir noch einmal, *Padre*, wer ist diese Schönheit? Habe ich Euch schon gebeten, mich ihr vorzustellen? Sie ist die ideale Frau, das vollkommene, unübertroffene Bild der Frau, die jeder Mann sein ganzes Leben lang sucht, ohne es zu wissen. Ich kann mir ein Leben ohne sie nicht mehr vorstellen."

„Es stimmt, dass sie schön ist, Mona Lisa, aber ich könnte Euch beim besten Willen nicht sagen, wo sie sich derzeit aufhält. Stellt Euch nur vor, ich habe ihr Porträt vor mehr als 10 Jahren gemalt. Vielleicht ist sie in der Zwischenzeit schon gestorben!“

„Dann überlasst mir doch wenigstens ihr Bild, ich bitte Euch. Mir ist jeder Preis recht.“

„Auch wenn ich es wollte, Sire, ich könnte es nicht. Dieses Gemälde ist noch immer nicht fertig. Ich arbeite von Zeit zu Zeit daran. Ich kann mich nicht davon trennen, so lange ich nicht vollständig damit zufrieden bin.“

„Aber *Padre*, diese feinen Züge, diese bebenden Nasenflügel, diese entzückende Form des Mundes sind doch schon jetzt vollkommen. Was könnt Ihr da noch hinzufügen?“

„Ein Mehr an Seele“, antwortet Leonardo. „Ich arbeite daran.“

Endlich war der König gegangen.

Leonardo verspürte eine große Müdigkeit.

Der kleine Affe sprang auf seinen Schoß, legte seine winzige Stirn in Falten und schaute ihn frech an. Leonardo seufzte. Was für eine Idee, ihm einen Affen zu schenken!

Er hatte sich davor gehütet, Franz I. zu sagen, was für schlechte Erinnerungen er an das Zusammenleben mit seinem früheren Affen Caio hat. Dieser war diebisch, zornig, unberechenbar und glich darin ganz genau Salai.

Doch was er sich einst von seinem jungen Lehrling gefallen ließ, ist er nicht mehr bereit, von einem Tier zu ertragen, und sei es auch noch so menschlich. Denn man kann wirklich sagen, dass Caio ihm das Leben schwer gemacht hatte! Bis er ganz plötzlich von einem heftigen Fieber dahingerafft wurde.

Das war eine richtige Erleichterung gewesen! Leonardo hatte sich geschworen, nie wieder einen Affen zu halten. Und nur, weil es dem jungen König mit seinen dreiunzwanzig Jahren so beliebte, fand er sich jetzt als Besitzer eines neuen Makaken wieder …

Dabei gab es in den Gängen des Schlösschens Cloux schon genügend Katzen, um seiner Leidenschaft für Tiere Genüge zu tun! Zwei von ihnen hatten es sich übrigens angewöhnt, in sein Zimmer zu huschen und behaglich schnurrend unter seinem Sitz, auf seinem Bett und manchmal sogar auf seinem Schoß zu schlafen. Leonardo hatte die Eleganz und Unabhängigkeit der Katzentiere schon immer geliebt.

Wozu brauchte er mit 66 Jahren einen Affen? Wozu brauchte er in seinem Alter noch Zerstreuung?

Eine endlos lange Reise

Leonardo seufzt nochmals.

Wie war er nur auf die Idee gekommen, sich hier lebendig begraben zu lassen?

Zwar ist er in diesem kleinen, bequem eingerichteten Schlösschen, das ihm der König zur Verfügung gestellt hat, gut untergebracht und er hat keinerlei materielle Sorgen. Die Köchin Mathurine, die ehemalige Amme des Königs, sorgt höchstpersönlich für ihn, wie es besser nicht sein könnte. Sie bereitet für ihn die einfachen, schmackhaften Mahlzeiten zu, die er so gerne hat – ihre Minestrone ist genauso gut, wenn nicht sogar besser als die in Florenz.

Doch die duftenden Hügel der Toskana fehlen ihm, die silbrig glänzenden Olivenhaine, die dunkel aufragenden Zypressen und über allem der strahlend blaue wolkenlose Himmel. Er hat Heimweh nach den engen Gässchen von Florenz, ihren starken, ebenso süßlichen wie durchdringenden Gerüchen, den verrauchten Tavernen, dem nächtlichen Getümmel, den Menschenmassen in der Stadt.

Ja, die Stadt fehlt ihm.

Und doch, als er dort war, sehnte er sich nur nach Ruhe. Er hatte genug von den Intrigen. Nach dem Tod seines Gönners Giuliano de' Medici war er allein zurückgeblieben, ohne Hilfe, ohne jegliche Unterstützung. Man hatte ihm zu verstehen gegeben, dass seine Zeit vorbei, dass er einfach zu alt wäre.

In Florenz zog ihm der Papst Michelangelo und den jungen Maler Raphael vor.

Daraufhin hatte er sich dazu entschlossen, die Einladung Franz I. anzunehmen. Er hatte sein Hab und Gut gepackt, verteilt, was er nicht mitnehmen konnte, und sich mit Salai, seinem Schüler Francesco Melzi und seinem jungen Diener Battista auf den Weg gemacht.

Er hatte sich für die Sicherheit und Bequemlichkeit eines goldenen Ruhestands entschieden.

Doch jetzt, wo er die Muße hat, dieses friedliche Leben zu genießen, hat er den Eindruck, sich im Vorzimmer des Todes zu befinden.

Wenn er nur in seine Heimat zurückkehren könnte! Er weiß sehr wohl, dass das nicht in Frage kommt. Die Reise war länger gewesen als geplant. Sie hatte auf dem Rücken von Eseln und Maultieren drei Monate gedauert. Die Überquerung der Alpen war eine richtige Tortur, manchmal geradezu die Hölle gewesen, mit Salai, der sich über alles beschwerte, damit drohte, umzukehren oder aber sich in einen Abgrund zu stürzen.

Eines der Maultiere war unterwegs verendet, und seine Ladung musste auf die anderen aufgeteilt werden. Der Zug wurde dadurch noch langsamer. Dabei hatte Leonardo das Gefühl gehabt, nur das Wesentliche mitgenommen zu haben, einige persönliche Gegenstände, drei Gemälde, seine Notizhefte … aber es stimmt, es waren viele und sie waren sehr schwer.

Dann mussten sie noch von Grenoble nach Lyon reisen, die Straße nach Vierzon nehmen, dem Lauf des Flusses Cher folgen, bis sie schließlich unterwegs vom französischen König empfangen wurden, der ihm persönlich entgegengekommen war.

Um nichts auf der Welt würde er diese Reise noch einmal machen.

Er ist zu alt, zu müde.

Er weiß, dass er hier sterben wird, in diesem Schloss, vielleicht sogar in diesem Zimmer, von dem aus er in der Früh den Turm der Kirche St. Hubert und die hochaufragenden Mauern von Schloss Amboise betrachten kann. Hier wird er sterben am Hof des vor Jugend strotzenden Königs, unter diesem durchsichtigen Himmel, der in ihm Bewunderung und Verstörung zugleich auslöst.

Doch wozu sagt er sich das immer wieder? Er hat

es sich so ausgesucht, jetzt muss er auch die Folgen auf sich nehmen!

Und außerdem – was hat schon der Ort zu bedeuten? Er hat so viel zu tun: ein zweites Leben würde dafür nicht ausreichen.

Gott sei Dank ist Melzi da, sein wunderbarer Melzi, der ihm hilft, Ordnung in seine Schriften zu bringen. Leonardo hat zwar versucht, allein damit fertig zu werden, aber es hat sich bald herausgestellt, dass es unmöglich ist. Die Aufgabe ist zu schwer und zu mühsam. Er braucht den Ordnungssinn Melzis.

Doch wird er ausreichen? Wird es ihnen jemals gelingen, das große allumfassende Buch zu erarbeiten, das er schreiben wollte? Die größte Enzyklopädie aller Zeiten. Er spürt sehr wohl, dass er zu ehrgeizig war. Er wollte alles behandeln und hat manchmal das Gefühl, sich übernommen zu haben. Wäre es nicht vernünftiger, alles rückgängig zu machen, einige Themen auszuwählen und sie in Hinblick auf eine Veröffentlichung neu zu bearbeiten?

Mit Melzi könnte es ihm vielleicht gelingen. Was würde er nur ohne ihn tun?

Er ist feinfühlig, verständig, respektvoll. Genau das Gegenteil von Salai. Kein Wunder, dass sein „kleiner Teufelsbraten“ deswegen verärgert war und lieber weggehen wollte!

Salai fehlt ihm ganz entsetzlich, aber er muss zugeben, das Leben ist viel ruhiger geworden, seit er weg ist.

Und jetzt der Affe!

Leonardo nimmt einen Apfel aus dem Obstkorb, schneidet ein Viertel davon ab und hält es dem Tier hin. Dieses ergreift es mit einer raschen Geste und beginnt, das Obststück mit seinen winzigen Fingern zu schälen, führt gierig kleine Stücke zum Mund und stößt beim Kauen zufriedene Schreie aus.

Leonardo muss lachen. Diese Mischung aus Fresslust und Feingefühl, das ist genau das Abbild Salais!

Melzi

Melzi ist zu Leonardo ins Zimmer getreten. Der misstrauische Affe flüchtet sich auf die Schulter des Meisters und schmiegt sich an seinen Hals.

Melzi lacht laut:

„Ein Affe! Das hat gerade noch gefehlt!"

„Ein Geschenk des Königs!"

„Als Kind in Vaprio hatte ich auch einmal einen. Ich fütterte ihn mit kandierten Früchten. Er ist daran gestorben, der Arme. Ich war untröstlich."

Der junge Mann streicht sich mit einer nachlässigen Handbewegung eine kastanienbraune Haarsträhne aus dem Gesicht. Seine regelmäßigen Gesichtszüge und sein klarer Blick sind von großer Schönheit.

„Sollen wir dort weitermachen, wo wir stehen geblieben sind, Meister?"

„Gerne, Francesco, kehren wir zu unserem *Ornitottero* zurück."

Der Meister und sein sechsundzwanzigjähriger Schüler nehmen einander gegenüber Platz.

Und während Melzi die Seiten zusammensucht,

die Leonardo seiner Flugmaschine gewidmet hat, lässt dieser seinen Gedanken freien Lauf.

„Soweit ich mich erinnere, wollte ich, glaube ich, schon immer fliegen … Habe ich dir schon diese Kindheitserinnerung erzählt, Francesco? Ich lag noch in der Wiege und ein Vogel, mir scheint ein Milan, kam bis zu mir und öffnete mir mit seinem Schwanz den Mund."

„Das ist aber seltsam."

„Jawohl, sehr seltsam. Die Federn des Vogels trafen auf meine Lippen. Ich spürte, wie sie in meinem Mund gegen meinen Gaumen schlugen."

„Wirklich?"

„Ja, ich war gleichzeitig erschrocken und fasziniert."

„Das kann ich mir gut vorstellen."

„Aber ist das wirklich eine Erinnerung? Ist es nicht eher ein Traum? Mit den Jahren verschmelzen Traum und Wirklichkeit miteinander. Manchmal ist es für mich schwierig, wahr und falsch auseinanderzuhalten."

„Gleich wie, es ist eine recht ungewöhnliche Geschichte. Es wundert mich nicht, dass Ihr so viel Energie und Zeit aufgewendet habt, um den Vogelflug zu studieren!"

„Schon möglich, schon möglich …, aber wir verlieren uns. Hast du die Notizen wiedergefunden, die du gesucht hast?"

„Ja, Meister."

„Lies mir noch einmal vor, was ich über den *Ornitottero* geschrieben habe. Ich höre."

Melzi liest: „Ein Vogel funktioniert nach mathematischen Gesetzen wie ein Instrument, das der Mensch mit all seinen Bewegungen nachbauen kann, bis auf die entsprechende Antriebskraft."

„Das stimmt. Wenn ein Vogel fliegen kann, so ist der Mensch durch nichts davon abzuhalten, mit Hilfe einer dafür ersonnenen Maschine auch zu fliegen! Wie du weißt, hat der Vogelflug meine Forschungen bestimmt. Die Flügel meines Flugzeugs orientieren sich an denen der Fledermäuse. Sie sind gelenkig und bewegen sich mit Hilfe der Hebelwirkung. Wenn du meine Zeichnung aufmerksam betrachtest, wirst du sehen, dass sie mit einem System von Flaschenzügen und Schnüren auch gefaltet werden können."

„Ja, wirklich, ich kann es sehen. Unter einer anderen Zeichnung habt Ihr notiert: ‚Netz', ‚Schilfrohr' und dann ein Wort, das ich nicht lesen kann. Seht nur."

„Papier", ich habe „Papier" hingeschrieben …

Hier steht auch noch „von unten befestigte Holzplatte."

„Ja, auf dieser Platte kann sich der Lenker der Flugmaschine ausstrecken. Sie muss die richtige Größe haben, sodass sie das Gewicht eines Menschen aushält. Sonst ist es selbstverständlich besser, leichte, elastische und feste Materialien zu verwenden, wie beschichtetes Papier, gestärkten Taft oder mit Federn überzogene Leinwand."

„Gestärkter Taft, mit Federn überzogene Leinwand", notiert Melzi.

„Die Lederriemen müssen mit Fett eingeschmiert werden, damit sie weich werden. Für das Skelett wären Schilf und Stahl geeignet. Die Springfedern könnten aus Horn sein."

"Schilf, Stahl und Horn", notiert Melzi darunter.

Dann lehnt er sich in seinem Fauteuil zurück, schaut Leonardo tief in die Augen und fragt ihn:

"Ganz ehrlich, Meister, glaubt Ihr, dass der Mensch eines Tages mit einer solchen Maschine fliegen kann?"

"Ich hoffe es, Francesco, ich hoffe es aus ganzem Herzen. Aber mit Sicherheit behaupten kann ich es natürlich nicht! Man müsste eines Tages den Mut haben und den Versuch wagen. Ich wollte es tun, aber ich hatte nicht genug Zeit. Und jetzt ist es zu spät."

"Ich werde es für Euch ausprobieren."

"Dann solltest du dich über einem See in die Lüfte schwingen, damit du dir nicht die Knochen brichst, wenn du unglücklicherweise abstürzt. Und du solltest dich mit einem Rettungsring ausrüsten, damit du nicht untergehst. Fliegen ist etwas Gefährliches, mein lieber Francesco."

Unterwegs zum Unbekannten

Weiss sie überhaupt, wohin sie geht, die einfältige Caterina, als sie neben dem großen Gilles mit den buschigen Augenbrauen auf das Schlösschen Cloux zumarschiert?

Weiß sie überhaupt, dass in dem kleinen Schloss aus Ziegeln und Tuffstein der von allen bewunderte Maler, der hervorragende Ingenieur, der angesehene Architekt, der berühmteste Künstler seiner Zeit, der geniale Leonardo da Vinci wohnt, den Franz I. an seinen Hof eingeladen hat?

Was hat sie überhaupt von dem mitbekommen, was Magdalena von den paar Monaten erzählt hat, die sie unter Mathurines Oberaufsicht in der Schlossküche verbracht hat?

Und woran denkt Caterina nun, als sie in Begleitung des großen Gilles durch die Eingangshalle tritt? Er spricht die ganze Zeit kein Wort mit ihr – warum sollte er auch seine Zeit damit verlieren, mit einer einfältigen Person wie ihr zu reden? Woran denkt sie? Niemand hat sich jemals darum gekümmert.

Caterina war immer anders gewesen. Als ihre

Mutter noch lebte, hörte man sie manchmal ein paar Worte aussprechen mit dieser rauhen Stimme, die ihr nicht zu gehören schien. Doch seit deren Tod ist sie verstummt. Kein Wort mehr, höchstens ein unverständlicher Singsang. Und von da an hatte man sich daran gewöhnt, so zu tun, als existiere sie nicht.

Ganz gleich, was sie fühlt – Müdigkeit, Schmerz, Freude oder Traurigkeit, Caterina ist diejenige, die immer da ist, die sich vor keiner schweren Arbeit drückt und den Befehlen gehorcht, die man ihr mit allzu lauter Stimme zuschreit: „Geh! Wasch! Putz! Schneid! Kehr!" Die Befehlsform regiert ihr Leben, ohne dass ihre regelmäßigen Gesichtzüge jemals von einem Schatten überzogen würden.

Wenn sie auch nicht so hübsch ist wie Magdalena, ihr ovales Gesicht, ihre Augenbrauen sind vielleicht nicht so vollkommen – so hat sie doch große, graue melancholische Augen, einen kleinen, fein geformten Mund und schöne Haare, in denen sich das Sonnenlicht spiegelt.

Manche nennen sie „die Einfältige", andere „die Verrückte". Die Leute wollen immer gleich alles, was ihnen nicht gleicht, in bestimmte Kategorien einteilen.

Caterina schaut in die Höhe. Auf der rosafarbenen Fassade zeichnen sich die feinen Spitzbogenfenster ab, und der Turm mit den steinernen Wasserspeiern scheint einen Angriff auf den Himmel zu planen, über den große Wolkenwagen ziehen. Diese auf das Unendliche des Raumes ausgerichtete Größe macht sie ganz schwindlig.

Im Inneren des Schlosses ist es dunkel.

Wo bringt man sie hin?

Die Steine sind kalt, die Luft ist feucht.

Der große Gilles stößt eine Tür auf, die leise knarrt.

Mathurine

Eine Frau erhebt sich. Sie hat auf sie gewartet. Es ist Mathurine, die Köchin des Schlosses. Sie hat kleine Augen, eine schmale Nase, eine strenge Stirn. Eine ihrer Hände verschwindet unter einem dicken grauen Verband. Die andere ist rot und breit wie ein Fleischschlegel.

„Na, da seid ihr ja endlich. Das ist aber schon höchste Zeit."

Dann, als sie feststellt, dass nicht Magdalena, sondern Caterina zögernden Schrittes auf sie zugeht, rümpft sie zornig die Nase.

„Und was ist jetzt mit Magdalena, wo ist sie?"

„Schluss, aus mit ihr!" murmelt der große Gilles und macht eine wegwerfende Handbewegung.

„Willst du damit sagen, dass sie …?", fragt die Köchin, ohne ihren Satz zu beenden.

„Ja, gerade erst, und das Kind gleich dazu. Ich habe gar nicht gewusst, dass sie eines erwartete."

„Arme Kleine, naja, so dick war sie ja nicht."

„Mir ist gar nichts aufgefallen", sagt Gilles.

„Ihr Männer seht so etwas nie. Man fragt sich, warum der liebe Gott euch Augen gegeben hat. Ja, hübsch war sie, Magdalena, das muss man ihr lassen. Zu hübsch."

Sie mustert Caterina, die wie versteinert dasteht und sie anschaut.

Sie kennt die Kleine seit ihrer Kindheit, seit sie mit ihren Eltern und Schwestern nach Amboise gekommen ist. Sie war immer schon sanft und gefügig wie ihre Mutter. Sie wird ihre Sache schon gut machen, zumindest wird sie sich nicht so zieren wie ihre Schwester.

„Los, komm her, du!", sagt sie zu ihr und zeigt auf den soliden Eichentisch, auf dem das Gemüse zum Putzen aufgehäuft ist – Zwiebel, Kardonen, Karotten und Sellerie.

„Und du, Gilles, wenn ich dich gerade hier habe, du zündest das Feuer an! Und dann wirst du mir sagen, was du von diesem Speck hältst."

Nach außen hat Mathurine eine raue Schale, aber im Grunde ist sie gutmütig.

Sie faltet ein grobleinernes graues Geschirrtuch auseinander und holt ein großes Stück rotes, leuchtendes Fleisch heraus.

„Mmh!" macht Gilles.

„Du musst dir selber ein Stück abschneiden", sagt Mathurine, „Ich bin zu nichts mehr gut, mit dieser verdammten Hand."

Schon hat Gilles sein Küchenmesser gezückt. Mathurine springt auf.

„He, du, was fällt dir ein! Zuerst das Feuer!"

Die Schlossküche ist sehr geräumig mit Ziegelwänden und einem riesigen Kamin. Hier ist alles vorhanden, um das ganze Haus mit Essen zu versorgen: ein fester Holzblock zum Fleischschneiden, eine Speisekammer, ein Eisschrank, ein ledernes Handwaschbecken und zwei riesige Geschirrschränke, die eine Unzahl von Tellern, Töpfen und Geschirr enthalten. Caterinas Blick wandert über die vielen Gerätschaften. Im Haus ihres Vaters gibt es nur einen Kochkessel, einen Topf, einen Teller und ein großes Küchenmesser mit scharfer Klinge.

Sie setzt sich hin und beginnt eine Karotte zu schälen. Bei dieser einfachen gleichförmigen und bekannten Bewegung nimmt ihr Herzklopfen langsam ab. Letztendlich macht Mathurine nicht den Eindruck einer bösen Frau. Und auch wenn, so weiß Caterina sehr gut, dass sie keine Wahl hat. Ob sie will oder nicht, ihr bleibt nichts Anderes übrig, als sich an ihre neue Herrin zu gewöhnen. Heute Abend wird sie am Fußende ihres Bettes schlafen, dort, wo Magdalena ihre Schlafstelle hatte.

Eine Erscheinung

„Komm“, brummt Mathurine. „Ich werde dir das Haus zeigen. Wir müssen ausnützen, dass Meister Leonardo nicht da ist. Er ist im Schloss wegen der Vorbereitungen für die Taufe.“

Caterina wirft ihr einen verständnislosen Blick zu. Mathurine seufzt. Das Mädchen versteht aber auch schon wirklich nichts. Das hatte ihr gerade noch gefehlt, eine Begriffsstützige, auch wenn sie fleißig ist.

Sie sagt noch einmal unwirsch: „Komm!“

Caterina folgt ihr.

Wie viele Treppen, Gänge, dunkle Winkel!

Das ist für das junge Mädchen etwas ganz Anderes als der einzige verrauchte Raum, in dem es aufgewachsen ist. Wie schön und groß hier alles ist! Es gibt Zimmerdecken, die dem Himmel gleichen, Tapisserien an den Wänden und schwere Vorhänge an den Fenstern. Das Zimmer von Meister Leonardo mit seinen zwei Fenstern ist ruhig und von allen Räumen am hellsten. Es ist einfach möbliert mit einem Bett, das mit granatroten Vorhängen und

Querbehängen verziert ist, mit einer Truhe und einem Tisch.

Bei ihrer Ankunft springt der kleine Affe in die Höhe, packt die Gitterstäbe mit beiden Händen und rüttelt wild an seinem Käfig.

„Sei still, Makake! Bleib nur ja ruhig oder ich brate dich am Spieß", knurrt Mathurine. Caterina, die noch nie einen Affen gesehen hat, ist ganz verblüfft, dieses seltsame Tier zu sehen, das sich wie ein Mensch verhält. Der Affe scheint genauso erstaunt zu sein wie sie. Er ist plötzlich ganz ruhig geworden, blickt sie mit seinen kleinen schwarzen Augen an und kratzt sich verdutzt am Kopf.

Das dunkle Holz der Möbel leuchtet geheimnisvoll und feine Goldpartikel glitzern in einem Lichtstrahl. Alles hier atmet Ordnung und Studiereifer.

Caterina prägt sich genau jedes Teilchen dieses Paradieses ein: die gedrehten Säulen am Bett, die prächtig rote Farbe der schweren Damastvorhänge, das dicke schwarze Notizheft auf dem Tisch, die kreisförmigen Muster des Teppichs auf dem Boden. Und an der Wand gegenüber diese wunderschöne Dame, die sie lächelnd anblickt.

Sie kann es gar nicht glauben. Diese Unbekannte gleicht ihrer Mutter aufs Haar. Die gleiche breite, hohe Stirn, der gleiche schön gezeichnete Mund, der gleiche sanfte Blick.

Durch welches Wunder ist ihre geliebte Mutter hierher gekommen?

Sie tritt näher, um die Erscheinung genauer zu betrachten, aber schon gibt ihr Mathurine mit einer ungeduldigen Handbewegung zu verstehen, dass es Zeit ist, zu gehen. Sie hat es eilig, mit der Besichtigung ans Ende zu kommen. Caterina gehorcht und folgt ihr widerstandslos. Vom Turm und vom Oratorium der Herzogin Anne, in das sie Mathurine danach führt, sieht sie nichts. Sie denkt nur an die Dame und an ihr Lächeln.

In dieser Nacht hat Caterina einen seltsamen Traum. Sie befindet sich am Ufer der Loire, das Licht ist weiß, genauso weiß wie das Leintuch, das sie ins schwarze Wasser taucht. Ein Heulen ist zu vernehmen, das ihr Herz zerreißt. Das Stück Stoff entgleitet ihr, dreht sich im Strudel und schwimmt davon. Caterina läuft am kreideweißen Ufer entlang und versucht, es wieder einzufangen, aber das Leintuch gleitet weiter und wendet sich in der Strömung wie ein großer bleicher Fisch. Dann entfaltet es sich und schwimmt auf der Oberfläche des Flusses. Es verwandelt sich in einen Vogel, eine Möwe, mit weiten, makellosen Flügeln, danach in ein Boot.

Ein langes Boot mit geisterhaften Umrissen, auf dem eine Frau Platz genommen hat. Eine Frau, die ihr zulächelt. Sie sieht sie trotz der Entfernung ganz deutlich und erkennt sie wieder: Es ist ihre Mutter, die sich im Dunst des Flusses schon wieder entfernt …

Caterina schreckt aus dem Schlaf auf.

Wo ist sie? Wo sind ihre kleinen Brüder, ihr Vater? Was macht sie im Dunkeln dieses unbekannten, kalten und feuchten Zimmers? Magdalena, der große Gilles, die verbundene Hand Mathurines, das Lächeln der Dame im Zimmer Meister Leonardos, alles taucht wieder aus ihrer Erinnerung auf.

Sie hört, wie Mathurine sich in ihrem Bett umdreht und seufzt. Der Morgen dämmert bereits am Fenster. Schon bald ist es Zeit, aufzustehen.

Battista

Auf dem Küchentisch stehen drei Schüsseln, drei Gläser und ein Brotlaib … die Reste eines späten Nachtmahls.

Caterina wäscht ab, räumt auf, macht alles ordentlich und zündet das Feuer an. Man braucht ihr gar nichts anzuschaffen. Sie weiß von selbst, was zu tun ist.

Ein Junge tritt ein.

„Ah, da bist du ja, Battista!“, ruft Mathurine, „wie geht es Messer Leonardo heute früh?“

Alles ist rund und fröhlich im Gesicht des jungen Mannes: Augen, Nase und der kirschrote Mund.

„Gut geht es ihm! Und dir, Mathurine? Was ist mit deiner Hand?“

Er lächelt gutmütig und spricht Französisch mit einem starken italienischen Akzent.

„Es muss gehen“, seufzt die Köchin.

Mit dem Kinn zeigt Battista auf Caterina.

„Ist sie neu?“

„Das ist Caterina, die Schwester von Magdalena. Sie ist …“

Sie macht eine Handbewegung, die andeutet, dass sie nicht ganz richtig im Kopf ist.

„Und Magdalena?", fragt Battista.

Mathurine bekreuzigt sich. Mehr ist nicht notwendig, damit Battista versteht. Er sagt nichts mehr. Er taucht einen Finger in die Suppe und zieht ihn sofort wieder zurück. Die Flüssigkeit ist kochend heiß!

Caterina holt einen Schöpflöffel, füllt den großen Keramiktopf, stellt ihn auf ein Tablett, mit den Schüsseln und dem geschnittenen Brot. Mathurine nickt zustimmend.

„Sie stellt sich viel geschickter an als ihre Schwester", flüstert sie Battista zu.

„Das vielleicht, aber als Gesellschaft …"

„Ja, was glaubst denn du eigentlich? Sie ist nicht zur Gesellschaft da", unterbricht ihn Mathurine halblaut, „sondern zum Arbeiten."

„Mmh! Aber wenn man das Nützliche mit dem Angenehmen verbinden kann …"

Mathurine zuckt die Schultern.

„Die Männer! Sie sind doch alle gleich … Sag mir lieber, wie es gestern im Schloss war."

„*Magnifico*! Großartig!"

„Erzähl!"

„Überall Gold und Silber! Sogar im Hof, der für den festlichen Anlass zugedeckt wurde. Sie werden im Freien essen. Das Goldgeschirr und die Kristallgläser wurden dafür herausgeholt. Ich bin in die Küche gegangen. Dort hat es so gut gerochen, dass mir … wie sagt man gleich?“, fragt er und schnalzt mit der Zunge.

„… das Wasser im Mund zusammengelaufen ist!“

„Ja, genau, das Wasser ist mir im Mund zusammengelaufen! Diese Bratendüfte! Und dann wurde das Unterhaltungsprogramm vorbereitet. Die Musiker und Tänzer waren beim Proben. Ich habe einen Blick hineingeworfen, es wird sehr schön sein. Das ist ja auch kein Wunder, denn mein Meister hat alles organisiert.“

„Ihm kann man vertrauen.“

„Bestimmt. Der König ist begeistert. Er hat es ihm mindestens dreimal gesagt. Und dabei hat er noch gar nichts gesehen! Es gibt sechs Bilder und insgesamt zweiundsiebzig Tänzerinnen, alle maskiert und verkleidet. Ich war bei der Probe der Italienerinnen dabei! Lauter Schönheiten! Vor allem eine war dabei, die ich gerne …“

„Genug jetzt, nun geh endlich“, schilt ihn Marhurine plötzlich, „das Essen wird kalt!“

„He! Was ist los mit dir? Da sagst du mir, ich soll erzählen, und kaum fange ich an damit, jagst du mich hinaus!“

„Du kannst es mir später erzählen. Meister Leonardo wartet auf dich.“

Die edle Frau Mutter

Der vom Regen reingewaschene Himmel ist vergissmeinnichtblau, und die helle Sonne lässt das zarte Grün der Blätter noch grüner erscheinen. Goldlack und Fresien verbreiten einen betörenden Duft.

Caterina steigt über den niedrigen Kastanienholzzaun, der den Gemüsegarten umschließt. Bald werden hier in den ordentlich mit Buchsbaum eingefassten Beeten blauer Lauch, jadegrüner Spargel, rosa Radieschen, rote Rüben und hellgrüne Erbsen wachsen. Die jungen Triebe durchstoßen schon die dunklen Erdhügel. Sie pflückt ein Sträusschen Petersil, holt eine schöne runde Rübe heraus. Die Tauben gurren im nahegelegenen Taubenschlag. Unterwegs nimmt sie drei Lorbeerblätter mit.

Sie liebt diesen Garten, in dem Wildwuchs und Ordnung nebeneinander stehen, in dem sich der Sommer erahnen lässt, der sich mit tausend Kleinigkeiten ankündigt. Er ist ihr vertrauter als das dunkle Schloss, wo ihr alles so groß, so eigenartig neu vorkommt.

Aus der Ferne sieht sie im Hof einen Reiter ankommen, der eilig vom Pferd springt und mit knallenden Stiefeln auf die Tür zugeht.

Später, als sie den Steinboden aufwäscht, sieht sie ihn vom Fenster des ersten Stockwerks aus wegreiten, dieses Mal in Gesellschaft eines weißhaarigen Mannes, der einen kurzen schwarzen Umhang trägt. Obwohl sie ihm noch nie begegnet ist, weiß sie, dass es Leondardo da Vinci ist.

Sie schrubbt weiter. Eine schwarze Katze beobachtet sie, den Schwanz emporgereckt wie ein Fragezeichen. Eine andere macht Toilette in einer Ecke, unbeeidruckt von ihrer Gegenwart.

Sie denkt wieder an die Dame, die sie im Schlafzimmer von Meister Leonardo gesehen hat. Genauer gesagt denkt sie nur an sie.

Ihr Bild verfolgt sie. Wie lässt es sich erklären, dass sie ihrer Mutter so ähnlich sieht? Sie möchte sich Klarheit darüber verschaffen. Sie muss sie noch einmal sehen.

Sie lässt also ihre Arbeit stehen und schleicht sich ins Zimmer des Meisters. Auch wenn Mathurine ihr verboten hat, außer zum wöchentlichen Reinemachen hineinzugehen. Niemand wird sie sehen! Sie wird ganz unauffällig vorgehen.

Die Dame ist noch immer da, sitzt an derselben Stelle, vor einem grandiosen Bergpanorama, das im fernen Blau verschwimmt, dort, wo das Wasser sich ruhig bis zu einem spiegelglatten See schlängelt. Sie lächelt Caterina mit diesem gleichzeitig so vertrauten und so geheimnisvollen, unnachahmlichen Lächeln zu und scheint mit aufeinandergelegten Händen darauf zu warten, dass sie das Wort an sie richtet.

„Ma..ma", artikuliert Caterina mit Mühe.

Es ist schon so lange her, dass sie nicht mehr gesprochen hat!

Sie tut sich schwer damit, im Kehlkopf und mit der Zunge Worte zu bilden. Sie kommen von so weit her! Und wenn sie dann mit Mühe über Zähne und Lippen gelangen, darüber rollen, entkommen, brummen, keuchen, verwandeln sie sich in eine lange Klage. Die abgehackten, mühsam ausgestoßenen Töne stürzen unbeholfen, holprig, kaum verständlich heraus.

Ihrer wundersam wieder aufgetauchten Mutter, ihrer ewig jungen, liebevollen Mutter erzählt Caterina vom Tod Magdalenas, den Schreien, dem totgeborenen Kind, dem Schmerz Antonios. Sie erzählt ihr von der Ankunft des großen Gilles und dem Küchenmesser, das an seinem Gürtel hing.

„Zu Hau..se hat dich nie..mand ver..gessen."

Hat sie es nur gedacht? Hat sie es wirklich in diesem Fluss der heiseren Klänge so ausgesprochen?

Sie sagt ihr auch, dass sie versucht hat, sie bei Pepe zu ersetzen, aber er ist noch so klein, so schutzbedürftig, dass sie um sein Leben Angst hat.

Wird Francesca so gut über ihn wachen wie sie, Caterina es bis dahin getan hat? Ihre Tante hat schon so viele Kinder …

Die edle Frau Mutter hört ihr schweigend zu, ohne ihr geheimnisvolles Lächeln abzulegen.

Sie hört ihr ganz aufmerksam zu.

Hat Caterina nur geträumt? Die Dame hat, wie ihr scheint, unmerklich mit dem Kopf genickt, als wolle sie sie ermuntern, weitere Worte zu bilden, Laute in ihrer Kehle zu formen, aus denen dann Worte werden und einen Sinn bekommen, so wie ihre Mutter es damals zu ihren Lebzeiten mit so viel Liebe und Geduld getan hatte.

Caterina kommt noch näher und streckt die Hand aus, um das geliebte Gesicht zu berühren. Ihre Finger betasten die stummen Lippen. Sie sind glatt und kalt. Schnell zieht sie die Hand zurück. Die Dame ist nicht aus Fleisch und Blut, Caterina weiss das sehr wohl, sie ist nur ein Bild, ein Trugbild. Doch als sie zu sehen glaubte, dass sie kurz zum Leben erwachte, stellte sie sich gegen jede Vernunft vor, sie könnte lebendig sein.

Sie macht einen Schritt zurück. Ihr Fuß stößt gegen etwas Weiches, das ein hohes Quietschen ausstößt und sie am Bein kratzt, bevor es ans andere Ende des Zimmers flüchtet. Caterina unterdrückt einen Schrei. Das Ding hüpft auf der Stelle und fletscht die Zähne. Seine kleinen schwarzen Augen sind wie zwei Bleikugeln, die sie durchdringen. Wie ist es dem kleinen Affen nur gelungen, aus seinem Käfig zu entkommen?

Am ganzen Leib zitternd flüchtet Caterina, ohne noch eine Minute länger zuzuwarten.

Die Taufe des Thronfolgers

Mathurine bemerkt nicht, wie blass und aufgewühlt Caterina ist, als sie in die Küche tritt. Sie ist viel zu sehr damit beschäftigt, zwei Dienstmägden des Könighauses zu lauschen, die ihr in allen Einzelheiten von der Taufe des Thronfolgers erzählen. Die Feier fand mit großem Pomp und großer Freude am Vorabend statt.

„Wie ein Engel hat er ausgeschaut, in seinem langen Taufkleid aus feiner Spitze."

„Zwei Monate ist er jetzt schon alt! Er ist groß und kräftig für sein Alter."

„Seine Wiege ist mit einem schönen vergoldeten Delphin geschmückt, der aus dem Meer springt."

„Monsieur Marot, der Hofdichter des Königs, hat ihm eigens ein Gedicht gewidmet, in dem Frankreich den sehnlichst erwarteten Thronfolger willkommen heißt."

Die Mädchen sind gar nicht mehr aufzuhalten.

„Seine Taufpatin, die Schwester des Königs, hat den Thronfolger seinem Paten, Lorenzo de' Medici, in den Arm gelegt."

Sie brechen in lautes Gelächter aus.

„Er war gerade erst aus Florenz eingetroffen, ganz grau im Gesicht, sein Blick erloschen, als wäre er seekrank."

„Es heißt, er ist krank. Das stimmt vielleicht, aber vor allem konnte man sehen, dass er nicht gewohnt war, ein Kind zu halten. Der Thronfolger strampelte so sehr, ich habe geglaubt, er wird ihn fallen lassen!"

Ausführlich beschreiben sie den langen Festzug, der sich langsam beim Licht der weißen Wachsfackeln, dem Klang der Hörner und Oboen vorwärts bewegte.

Die Kirche Saint-Florentin war für den feierlichen Anlass prächtig geschmückt worden. Ein mit Edelsteinen verzierter Baldachin aus kostbaren Stoffen war in der Mitte der Kirche auf vier vergoldeten Pfeilern errichtet worden.

Die Gouvernante, Madame de Brissac, hatte das Kind entkleidet.

„Es brüllte, als sein Taufpate und seine Taufpatin es über das Taufbecken hielten."

„Die Mutter des Königs behauptet, es sei seinem Vater wie aus dem Gesicht geschnitten!"

„Da sieht man, wie stolz sie darauf ist."

Die Feier selbst hatte drei Stunden gedauert und das Fest danach bei Fackelschein bis spät in die Nacht, mit einem Festessen und Tanzvorführungen im Schlosshof. Welch unvergesslicher Abend!

„Meister Leonardo hat den Empfang bis in die kleinsten Einzelheiten geplant“, berichtet Mathurine stolz.

„Das ist allgemein bekannt. Im Schloss spricht man nur von ihm!“

„Von allen wird er gerühmt!“

„Ein richtiger Zauberer ist er. Die von ihm ausgerichteten Feste sind immer einmalig. In Florenz, Rom und Mailand steht er ganz hoch im Kurs. Er hat lange Zeit für den Herzog Sforza in Mailand gearbeitet.“

„Was für ein großartiger Mann! Genauso begabt für Musik und Tanz wie für Malerei und Wissenschaft.“

„Er weicht nicht von der Seite des Königs“, setzt Mathurine hinzu. „Insbesondere, seit Lorenzo Medici in Amboise eingetroffen ist. Mein Meister kennt ihn gut, er hat ihn oft gesehen, als er in Florenz lebte.“

Lorenzo de’ Medici, der von Franz I. ausgewählte Taufpate, ist ein bedeutender Mann. Er ist der Neffe von Papst Leo X. und der Enkel des großen Lorenzo de’ Medici, des berühmten Mäzens, den man „Il Magnifico“ nennt und dessen Vornamen er trägt. Nach der Taufe wird er die Cousine des Königs, Prinzessin Madeleine de la Tour d’Auvergne heiraten.

„Ich dachte, Messer Leonardo sei leidend.“

„Keineswegs, sein Befinden ist ausgezeichnet. Die Leute erzählen allen möglichen Unsinn. Ich kann Euch bestätigen, dass mein Herr frisch und munter ist."

„Es heißt, Medici hätte prachtvolle Geschenke mitgebracht …"

„Ein wunderschönes Gemälde …"

Das gleichmäßige Stimmengewirr beruhigt Caterina nach und nach. Wie dumm sie doch ist! Der kleine Affe hat sich wahrscheinlich mehr gefürchtet als sie. Und wenn er die Zähne gefletscht hat, dann wahrscheinlich, weil sie ihm wehgetan hat. Wenn er nur nicht aus dem Zimmer entwischt ist. Das würde sie sich nicht verzeihen.

Und schon verlangt es sie wieder danach, ins Zimmer von Messer Leonardo zurückzukehren.

Caterina nimmt ihren ganzen Mut zusammen

In diesem Frühling des Jahres 1518 herrscht eine ausgesprochen milde Witterung in den Gärten des Loiretals. Die Luft ist durchsichtig klar, Nachtigallen, Amseln und Rotkehlchen trillern um die Wette und die weißen Maiglöckchen kündigen fröhlich die kommende Flieder- und Rosensaison an.

Caterina geht nicht, sie fliegt geradezu über den Weg, der zu der strohgedeckten Lehmhütte ihres Vaters führt.

Sie hat es sich angewöhnt, kurz vom Schloss dorthin zu laufen, sobald sie kann und mit ihrer Arbeit fertig ist, um ihren Pepe in die Arme zu schließen.

Ihre Cousine Anna kümmert sich jetzt an ihrer Stelle um ihren Vater und die kleinen Brüder.

Und Pepe, ihrem Pepe, geht es gar nicht so schlecht, auch wenn er noch immer rotzig und verkrätzt ist. Man kann sehen, wie er sich bei jedem ihrer Besuche unbändig freut und sein kleines Spitzmausgesicht gegen ihre Brust drückt. „Pepe!“, murmelt sie. Und der Kleine lacht über ihre eigenartige Stimme an seiner Wange, die nur er hört.

Der Vater hingegen sagt nichts. Er blickt sie kaum an. Seit dem Tod Magdalenas ist er nicht mehr derselbe. In ihm scheint etwas zerbrochen zu sein. Er macht seine Arbeit weiter, ohne ihr viel Aufmerksamkeit zu schenken. Das Geräusch der Säge und des Hobels übertönt die abgehackten Worte Caterinas, und wie sie gekommen ist, verschwindet sie kurz darauf wieder.

Caterina ist mutiger geworden. Obwohl sie Meister Leonardo noch immer nicht begegnet ist und ihn bisher nur aus der Ferne gesehen hat, übertritt sie ungeniert Mathurines Verbot und huscht nun praktisch jeden Tag heimlich in sein Schlafzimmer, kaum, dass er das Schloss verlassen hat. Und er ist momentan oft weg, er ist häufiger an der Seite des Königs in Amboise anzutreffen als in seinem Schlösschen Cloux!

Caterina vergisst auch nie, dem Affen etwas Süßes mitzubringen, ein Stück Obst, Marzipan oder Mandelkrokant. Er ist gefräßig, und die ständigen Aufmerksamkeiten des jungen Mädchens haben ihn bald den unglücklichen Zwischenfall vom ersten Tag vergessen lassen. Das Äffchen langweilt sich so sehr allein in seinem Käfig und wenn er sie sieht, zeigt er seine Freude durch lautstarkes Quietschen.

Als er ihr das erste Mal auf die Schulter sprang, fiel Caterina vor Schrecken fast in Ohnmacht. Sie hatte gedacht, er sei eingesperrt. Dann hatte sie bald herausgefunden, dass der kleine Affe schlauer war, als sie angenommen hatte und sehr gut seinen Käfig von innen öffnen konnte. Sie beobachtete ihn dabei, wie er seinen Arm durch die Gitterstäbe streckte und vorsichtig den Haken in die Höhe schob.

Bei den darauffolgenden Besuchen lernt sie, sich zusammenzunehmen und ihre Angst zu beherrschen.

Von da an wird es zur Gewohnheit: der Affe kuschelt seinen kleinen Kopf an Caterinas Hals, ohne sich zu rühren, und hört ihr zu, wie sie der edlen Frau Mutter die kleinen Neuigkeiten des Tages in kurzen abgehackten, wie zusammengestückelten Sätzen berichtet: „Zwet..schken..baum … blüht. Carlo … Zahn … verloren. Kleine Hunde geboren … Nacht. Pepe … gewachsen. Maiglöckchen … gepflückt."

Aus der undeutlichen Klangmasse tauchen Silben auf, ein ganzes Wort, manchmal zwei hintereinander, selten mehr.

Die aufmerksame Mutter ermutigt sie in ihrer unendlichen Zärtlichkeit weiterzumachen, es noch einmal zu sagen und noch einmal, um beim Sprechen nicht mehr zu stolpern, sodass der so lange zurückgehaltene Wortschwall flüssiger wird.

Während der Meister nicht da ist, lernt Caterina in Leonardos Zimmer wieder sprechen.

Mit den länger werdenden Tagen nimmt Leonardo seine Unternehmungen mit frischem Schwung wieder auf. Jeden Vormittag bricht er jetzt mit Melzi und Battista auf, um den Zustand der Böden und die Wassermenge der Loire zu untersuchen. Er hat die Idee, dieses viel zu feuchte Land zu sanieren, indem er Kanäle anlegt und am Fluss ein ausgeklügeltes Schleusensystem – auch eine Erfindung von ihm – einführt, um den Wasserlauf zu regulieren. Unentwegt durchstreift er die Straßen der Touraine und die Sümpfe der Sologne auf den Pferden, die der König ihm zur Verfügung gestellt hat, und manchmal auch in seiner Begleitung. Er kehrt erst am Abend zurück.

Untertags hat Caterina freie Bahn und alles dient ihr als Vorwand, um die edle Dame aufzusuchen: je nach Tageszeit ist das Fenster zu öffnen oder zu schließen, die Truhe zu wichsen, die Steppdecke zu lüften, ein frischer Blumenstrauss auf den Tisch des Meisters zu stellen. Sie hat jetzt völlig auf Mathurines Verbot vergessen.

Und tagtäglich setzt sie das seltsame Gespräch fort, diesen eintönigen Monolog zwischen der Tochter und ihrer Mutter, die wortlos antwortet.

Eines Tages, als Caterina wie gewöhnlich in das Zimmer des Meisters eintritt, springt der Affe aus Übermut oder Eifersucht auf das Gemälde, packt es fest mit beiden Händen, rüttelt so fest daran, dass es fast auf den Boden fällt.

Die zu Tode erschrockene Caterina schreit ihn an, er soll aufhören, kann aber in der Not nur ein paar kehlige Laute herausbringen.

„Aaaaaa..eeee“

Die Augen des kleinen Affen glänzen. Er amüsiert sich köstlich. Er schüttelt die Dame wie ein Wilder. Caterinas Schreien bewirkt nur, dass er sich noch mehr aufregt. Er zeigt die Zunge, macht Grimassen und beginnt sogar, die Malerei zu zerkratzen und dabei wie ein kleines Kind zu brüllen. Caterina traut sich nicht näher heran, aus Angst, er würde ihr ins Gesicht springen. Sie erkennt ihn nicht wieder. Man hätte meinen können, er sei ein böser Dämon. Ganz begeistert, ihre Aufmerksamkeit auf sich gezogen zu haben, schaukelt er und macht alle Arten von Faxen. Er übertrifft sich selbst. Dann plötzlich hat er genug davon, so ein Spektakel aufzuführen, daher zieht er sich wieder auf seinen Platz auf Caterinas Schulter zurück. Und sie, die am ganzen Leib zittert, spürt, wie das kleine Herz des Makaken rasend schnell gegen ihren Hals schlägt. Endlich beruhigt er sich wieder und legt seine Wange fast zärtlich an die ihre. So ein komisches Tier!

Ertappt

„Wer bist denn du?", fragt eine feste Stimme. Noch fester ist die Hand, die sich auf ihre Schulter gelegt hat.

Caterina bleibt die Luft weg. Plötzlich wankt alles um sie herum, alles verschwimmt, sogar das Lächeln der schönen Dame, die das Gesicht verzieht, erblasst und verwandelt sich in eine Fratze.

Sie stand wie gewohnt vor dem Porträt, mit dem Rücken zur Tür, während der kleine Affe an ihre Wange geschmiegt an einem Keks knabberte und sich von ihrer rauhen Stimme einwiegen ließ. Sie hatte niemanden kommen gehört.

Sie dreht sich langsam um.

Der Mann, der ihr gegenüber steht, hat helle Augen, ein mit feinen Fältchen durchzogenes Gesicht, einen üppigen weißen Bart. Es ist der große Leonardo da Vinci!

Der schlanke, elegante Melzi neben ihm blickt sie verächtlich von oben herab an, während Battista spöttisch ausruft: „Das ist das Mädchen, das in der Küche arbeitet. So eine Frechheit! Sie hat den Affen aus dem Käfig herausgelassen."

Dieser flüchtet sich, duch die plötzliche Störung verschreckt, eilig unters Bett.

Caterina antwortet nicht. Mit weit aufgerissenen Augen schaut sie den Meister unverwandt an. Sie befürchtet das Schlimmste. Doch Leonardo lächelt. Ja, er lächelt eindeutig, er scheint nicht böse zu sein. Überhaupt nicht. Er scheint eher belustigt, seltsamerweise fast neugierig, als wäre die Anwesenheit Caterinas in seinem Zimmer für ihn eine freudige Überraschung.

„Fürchte dich nicht, kleines Mädchen. Sag mir nur, wer du bist", sagt Leonardo noch einmal leise.

„Sie wird Euch nicht antworten", mischt sich Battista ein. „Sie spricht nicht. Es ist nicht einmal sicher, dass sie versteht. Sie arbeitet an Stelle von Magdalena in der Küche. Sie ist ihre Schwester. Sie sieht ihr übrigens ähnlich, findet Ihr nicht?"

„Wie heißt du?", fragt der Meister noch einmal, ohne seinem geschwätzigen Diener die geringste Beachtung zu schenken.

Battista zuckt die Schultern.

„Ich kann Euch sagen, wie sie heißt, Meister. Ich kenne sie gut. Sie heißt Caterina."

Leonardo beachtet seinen Diener noch immer nicht.

„Wie heißt du, mein Kind, dein Name?", wiederholt er beharrlich.

„Cate..rina."

„Na so etwas? Jetzt kannst du also plötzlich sprechen?“, schreit Battista ganz verdutzt.

„Caterina! Das ist aber ein schöner Vorname!“, sagt Leonardo.

Das junge Mädchen senkt den Kopf und wird rot. Sie sollte nicht hier sein. Sie hätte niemals in Abwesenheit des Meisters sein Zimmer betreten sollen. Was wird jetzt passieren? Wird er sie jetzt wegschicken? Das Recht dazu hätte er.

„Und woher kommst du, Caterina?“

Battista macht sich schon wieder wichtig:

„Ihre Schwester hat mir gesagt, dass ihre Familie aus Anchiano kommt, Meister. Ist das nicht in der Nähe von dort, wo ihr herkommt? Ihr Vater war dort Tischler und dann ist er mit seiner Familie in die Gegend hierher gezogen ...“

„Ich spreche nicht mit dir, Battista, sondern mit Caterina“, brummt Leonardo. „Du kommst aus Anchiano? Stimmt das, mein Kind?“, sagt er noch einmal und betont jede Silbe einzeln.

„An..chia..no“, artikuliert Caterina mit ihrer heiseren Stimme.

„Caterina d'Anchiano!“, murmelt der alte Mann plötzlich versonnen.

Dann dreht er sich zu Melzi, der stumm dasteht:

„Siehst du, Francesco, diese junge Person ist fast taub! Aber diese Taubheit könnte man leicht beheben, wenn man es nur richtig anstellt. Denn ihr

Gehörsinn ist von Natur aus nicht völlig beeinträchtigt. Bestimmt hat man mit ihr gesprochen, als sie klein war … Erinnerst du dich an das Wunderhorn?"

„Ja, Meister."

„Und weißt du, wo es ist?

„Es müsste in der Truhe sein, Meister. Mir kommt vor, ich habe es dort gesehen."

„Dann bring es mir bitte her."

Das Wunderhorn des Messer Leonardo

Caterina ist nicht wohl in ihrer Haut, sie steigt von einem Fuß auf den anderen. Sie möchte nichts wie weg von diesem alten Mann, der sie gar zu aufmerksam mustert. Aber sie weiß nicht, wie sie es anstellen soll. Sie wirft einen Blick auf die edle Frau Mutter.

„Sie ist schön, meine Gioconda, nicht wahr?" sagt Leonardo, dem nichts entgeht.

Daneben stöbert Melzi in der Truhe und seufzt.

„Ob er wohl eine Peitsche sucht, um mich zu bestrafen?", fragt sich Caterina.

„Ich hab es!", sagt Melzi.

Das Wunderhorn ist wirklich ein Horn. Ein schönes ausgehöhltes Horn von einer Kuh oder eher einem Stier, das an einem fein ziselierten silbernen Ansatzstück befestigt ist. Seine Oberfläche ist zur Gänze mit Gravuren von im Wind herumtänzelnden Pferden verziert.

„Ich habe gut daran getan, es mitzunehmen", freut sich Leonardo, „ich erinnere mich, dass ich gezögert habe."

Vorsichtig führt er das Rohr in sein Ohr ein.

„Sag etwas, Battista!“

„Was soll ich … ich habe ja nichts zu sagen!“

Leonardo fährt zurück.

„He, nicht so laut! Ich habe dich gebeten, zu sprechen, nicht zu brüllen wie ein Tier. Du bringst mir sonst noch das Trommelfell zum Platzen. Aber die gute Nachricht, mein Wunderhorn hat nichts von seiner Kraft verloren und funktioniert … wunderbar.“

Dann hält er Caterina das Horn hin.

„Jetzt versuch du es.“

Das junge Mädchen zögert, dann steckt sie das Ende ins Ohr.

„Hörst du mich, Caterina d'Anchiano?“, fragt Leonardo sie.

Caterina zuckt zusammen. Die Stimme des Meisters hallt laut in ihrem Ohr.

„So ist es schon besser, viel besser. Damit kannst du einen Großteil der Umgebungsgeräusche aufnehmen. Leider nicht alle – denn das menschliche Ohr ist durch nichts zu ersetzen. Aber genügend, um dich am allgemeinen Geschehen teilnehmen zu lassen. Nun müssen wir noch deine Sprechtechnik verbessern. Du musst dreimal in der Woche zu mir kommen, und wir werden uns unterhalten. Denn bekanntlich lernt man sprechen durch sprechen. Ist dir das Recht, Caterina d'Anchiano?“

Zustimmend nickt Caterina schüchtern mit dem Kopf. Sie möchte nichts wie weg. Mit einer ungeschickten Geste will sie Leonardo das Horn zurückgeben.

„Behalt es, mein Kind", sagt er zu ihr, „es wird dir mehr nützen als mir! Und jetzt geh."

Das lässt sich Caterina nicht zweimal sagen.

Sie läuft in den Garten. Nur Luft! Sie braucht Luft und Platz. Sie hatte solche Angst. Sie hatte geglaubt, sie würde umfallen vor Schreck, eingesperrt in diesem Zimmer, unter dem Trommelfeuer der Fragen und den auf sie gerichteten forschenden Blicken der drei. Ihr Herz klopft zum Zerspringen. Der Meister hätte sie wegschicken können. Sie spürte es genau bei Francesco Melzis kaltem Blick und Battistas spöttischem Lächeln.

„Dan..ke, dan..ke", stammelt sie immer wieder.

Denn sie zweifelt keinen Augenblick daran, dass sie die Nachsicht des großen Leonardo da Vinci ihrer Beschützerin verdankt. Bestimmt hat diese Fürsprache für sie eingelegt.

Caterina streckt sich im Gras aus und betrachtet den Himmel, über den langgezogene Wolkenfetzen dahinziehen, bis ihr Herz wieder regelmäßig klopft. Dann setzt sie sich auf, steckt das Horn ins Ohr und hört erstmals in ihrem Leben, was draußen vor sich geht.

In der Ferne wiehert ein Pferd, ein leichter Wind

säuselt in den Zweigen der Weidenbäume, das Gras raschelt, eine Nachtigall singt. Niemals hätte sie sich vorstellen können, dass die Welt so viel Lärm macht. Noch nie hatte sie ihr so viel Aufmerksamkeit gewidmet.

Caterina und Caterina

Doch die Gioconda kann gar nichts dafür!

Das Interesse, das Leonardo so spontan für Caterina gezeigt hat, hat nicht das Geringste mit einem übernatürlichen Eingreifen ihrerseits zu tun. Caterina kann selbstverständlich nicht wissen, dass Leonardos eigene Mutter mit Vornamen Caterina hieß und auch sie aus dem kleinen Dörfchen Anchiano stammte, in dem der Meister selbst vor sechsundsechzig Jahren das Licht der Welt erblickt hatte.

Leonardo spricht selten von seinen Eltern. Er hat so wenig mit ihnen zusammen gelebt. Schon bald wurde er den väterlichen Großeltern anvertraut. Sie haben ihn aufgezogen. Der Sohn eines Notars, auch wenn er unehelich geboren wurde, wächst nicht auf einem Bauernhof auf.

Denn Leonardo war ein uneheliches Kind, der natürliche Sohn eines angesehenen Bürgers und eines Landmädchens.

Caterina war zweiundzwanzig Jahre alt, als Ser Piero, der Notar von Vinci, sie schwängerte. Doch er hatte ehrgeizigere Vorstellungen als ein kleines Bauernmädchen zu ehelichen. Er wollte in die

Stadt ziehen und hatte gerade einem reichen jungen Mädchen in Florenz einen Heiratsantrag gemacht. Eine schöne Partie mit einer entsprechenden Mitgift dazu. Das war doch ganz etwas Anderes als dieser belanglose Liebeshandel!

Nach Leonardos Geburt hatte die Familie des Notars das Notwendige unternommen, um die Dinge zu „arrangieren" und Caterina war mit einem Mann verheiratet worden, der nicht weit entfernt wohnte, ein braver Mann, der sie zu sich in sein Haus in Campo Zeppi mitgenommen hatte. Er hatte ihr unverzüglich fünf weitere Kinder gemacht, vier Mädchen und einen Buben, die für Leonardo nichts weiter als entfernte Halbgeschwister waren.

Leonardos eigentliche Familie waren sein Großvater Antonio und seine liebe Großmutter, die Nonna Lucia. Leonardo war lange Zeit ihr einziges Enkelkind und beide behandelten ihn wie einen Sohn.

Der Anblick der jungen Caterina in seinem Zimmer hatte Leonardo aufgewühlt.

Denn abgesehen vom Vornamen und dem Geburtsort gleicht das junge Mädchen auf unheimliche Art und Weise seiner Mutter. Oder zumindest der Erinnerung, die er an sie behalten hat.

Genauer gesagt verspürt Leonardo ein derartiges Gefühl nicht zum ersten Mal. Vor zwölf Jahren war er gleichermaßen verstört, als Francesco del Giocondo in Begleitung seiner jungen Frau Lisa über die Tür seiner Werkstätte getreten war.

Der reiche Seidenhändler wollte ein Porträt seiner Gemahlin vom berühmtesten Maler seiner Zeit. Groß und vierschrötig sprach er mit lauter Stimme und gestikulierte wild. Er war älter als seine Frau, auch wesentlich selbstsicherer. Er hatte Geld und hielt damit nicht hinter dem Berg. Zu Leonardo war er gleichzeitig unterwürfig und ungeniert, nannte ihn „meinen allerliebsten Meister", bezeichnete ihn als „größten Künstler aller Zeiten" und durchsuchte gleichzeitig seine Werkstätte, als wäre er dort der Herr.

Die junge Lisa dagegen hielt bescheiden die Augen gesenkt und sagte kein Wort. Leonardo konnte den Blick nicht von ihrem Gesicht abwenden. Wie sehr sie seiner Mutter ähnelte! Die gleiche Nase mit den bebenden Nasenflügeln, der gleiche entzückend geschnittene Mund, die gleichen feinen Haare.

Nur, dass seine Mutter eine lebensvolle Schönheit gewesen war, die lachte, laut sprach, sich auf den Feldern zu schaffen machte, mit allen Leuten schimpfte, der Reiz der jungen Lisa dagegen erschien abgehoben, entrückt und geheimnisvoll, als wäre sie nicht von dieser Welt.

Francesco del Giocondo hatte eine Geldbörse auf

den Tisch geworfen und das Geschäft war besiegelt. Am nächsten Tag begann Lisa mit den Modellsitzungen für das Gemälde.

Lisa

Lisa war fügsam.

Sie hatte sich dem Willen des Meisters gebeugt und in dem dunklen Samtfauteuil Platz genommen, den er ihr zugewiesen hatte. Sie hatte die Arme auf die Lehne gestützt und die Hände ungezwungen übereinander gelegt. Doch ihr Gesicht blieb ernst und traurig.

Durch eine Indiskretion einer ihrer Bediensteten hatte Leonardo bald den Grund dieser Melancholie erfahren. Die Schöne war untröstlich, seit sie ihren kleinen Sohn, einen drei Monate alten Buben, verloren hatte.

Daraufhin hatte Leonardo, nur um sie aufzuheitern, Violen- und Lautenspieler kommen lassen, ein ganzes Orchester, und Gaukler, Jongleure und Spaßmacher.

Auf alle möglichen Tricks musste er zurückgreifen, um diesen Anflug eines Lächelns zu erreichen, den er sich bei unzähligen Porträtsitzungen auf die Leinwand zu bannen bemühte. Denn er arbeitete langsam, fast andächtig, und trug sorgfältig die feinen Lasurschichten übereinander auf, die das wunderbar lebensechte Rosa auf die Wangen der jungen Frau zauberten.

Nicht Lisa, die Frau des reichen Seidenhändlers malte er, er malte eine Madonna, ein Frauenideal, eine unvergleichliche, unvergängliche Schönheit, die die Jahrhunderte überdauern konnte.

Die Monate vergingen und Lisa saß noch immer Modell.

Nach einem Jahr war sie langsam ungeduldig geworden.

„Seid Ihr bald fertig, Meister Leonardo?"

Das Sich-nicht-Bewegen-können wurde ihr zur Qual. Bei jeder Sitzung wurde ihr diese unbewegliche Stellung, die ihr der Meister aufzwang, verhasster.

Verlegen antwortete Leonardo, dass das Bild noch nicht vollendet sei.

„Aber dann sagt mir doch, wann es so weit sein wird."

„Bald", stotterte er und erklärte ihr, dass jedes Werk Zeit und Überlegung benötigte, und man nur ja nichts überstürzen dürfe.

Lisa hielt es nicht länger aus. Der Frühling kam, sie träumte vom Land und von der frischen Luft. Sie hatte begonnen wegzubleiben, unter dem Vorwand, etwas erledigen zu müssen, erschöpft zu sein oder bei einer Kleideranprobe erwartet zu werden. Sie behauptete, dass ihr der Geruch der Farben

Kopfschmerzen bereite. Doch wenn Leonardo das Fenster öffnete, beklagte sie sich über den Luftzug.

Es war nichts zu machen: das Modellsitzen war ihr unangenehm.

Dann erwartete sie wieder ein Kind. Oder zumindest behauptete sie es. Und eines Tages war sie dann gar nicht mehr gekommen.

Leonardo hatte ohne sie weitergemalt, und zwar an der Landschaft im Hintergrund.

Er hatte weiterhin feine Farbschichten aufgetragen, um die durchsichtige Atmosphäre in der Ferne einzufangen, und nach und nach wurden Berge, Land und See von zartem, blauem Dunst eingehüllt. Er sagte, er würde sein Gemälde mit Rauch überziehen, so entstand sein berühmter Sfumato-Effekt. Er war mit Leidenschaft bei der Sache. Er erfand eine neue Maltechnik.

Die schöne Lisa war nicht wieder aufgetaucht, und Leonardo hatte gar nicht versucht, ihre Spur wiederzufinden. Im Grunde war er gar nicht böse, dass sie verschwunden war. Er wollte sich gar nicht mehr von diesem Bild trennen. Und als er schließlich Florenz verließ, hatte er es in seinem Gepäck mitgenommen.

Dieses niemals abgelieferte, ungemein kostbare Porträt hatte Leonardo ins Schlösschen Cloux mitgebracht. Und so thronte die bezaubernde, betörende edle Frau Mutter mitten in seinem Schlafzimmer.

Melzi ist empört

Melzi, der brave Melzi, fragt Meister Leonardo in seinem Zimmer aus. Er ist nervös, angespannt, geradezu erbost.

„Jeden Tag enthüllt Ihr mir eine neue Facette Eures Talents, Meister. Dass Ihr Maler, Ingenieur, Architekt, Organisator von Festen und Veranstaltungen seid, wusste ich, aber heute entdecke ich in Anwesenheit dieses tauben jungen Mädchens, dass Ihr auch Arzt seid."

Leonardo bricht in Lachen aus.

„Nicht doch, Francesco, Arzt! Vor den Ärzten ergreife ich die Flucht. Wenn man lange leben will, sollte man sich von ihnen lieber fern halten. Mit ihren Arzneien füllen sie Bücher, aber eher zerstören sie Menschenleben als dass sie sie verlängern. Ich bin neugierig, das ist alles. Es gibt kein Leben, das nicht Beachtung verdient. Diesem jungen Mädchen mein Wunderhorn zu schenken, war für mich nichts Besonderes. Es war das Mindeste, was ich für sie tun konnte."

Melzi schweigt. Er weiß um die Großzügigkeit

seines Meisters, kann aber seine Verärgerung nicht verbergen.

Dieses Mädchen hatte die Frechheit besessen, sich in dessen Zimmer zu schleichen, den Affen freizulassen, vielleicht sogar in seinen Sachen zu wühlen, aber Meister Leonardo machte ihr nicht den geringsten Vorwurf. Im Gegenteil, er tat alles, damit sie sich wohl fühlte und schenkte ihr eine seiner wertvollsten Erfindungen.

Melzi versucht, sich zusammenzunehmen, es gelingt ihm aber nicht. Er ist entrüstet und, wenn er es auch nicht zugeben will, wahrscheinlich sogar eifersüchtig.

Acht Jahre ist es nun her, dass er in Meister Leonardos Werkstatt eingetreten ist, er, ein junger Mann aus guter Familie, der lateinische und griechische Texte lesen kann.

Er war noch nicht fünfzehn Jahre alt, als er die sanften Hügel seines Dorfes, die Hänge voller Obstgärten, das strahlende Blau eines wolkenlosen Himmels, die schmucken Häuser mit roten Ziegeldächern und das schöne Anwesen seiner Eltern am Ufer der Adda, unweit von Mailand, verlassen hat. Er hatte alles verlassen, um ihm zu folgen, alles aufgegeben, um ihn nach Rom und dann nach Frankreich zu begleiten, ihm bei seinen Arbeiten zu helfen, ihm seinen jungen Verstand zur Verfügung zu stellen.

Er weiß, dass der Meister sich auf ihn verlässt, um seine Schriften zu ordnen, die vielen Stapel von Blättern, auf denen durcheinander Zeichnungen, Skizzen und Notizen liegen. Wie viele werden es wohl sein? Tausende, mehr als zehntausend ganz bestimmt! Alles muss nochmals durchgelesen, eingeordnet werden. Eine gigantische Arbeit!

Als er sich in Leonardos Notizhefte vertiefte, hatte Melzi schaudernd entdeckt, dass dieser mehr als dreißig Leichen aller Altersstufen seziert hatte, um die Funktionsweise der Körper zu verstehen, das Zusammenspiel aus Fleisch, Blut und Knochen, von der Entstehung des Fötus im Mutterleib bis zum Erwachsenenalter.

Ohne zu zittern hatte die Hand seines Meisters die toten Leiber aufgeschnitten.

Leonardo ist unter die Haut der Menschen vorgedrungen, bis zum größten Geheimnis ihres Seins, um zu beobachten und zu zeichnen, was sich dort befindet, um zu versuchen zu verstehen, was dort vor sich geht. Fasziniert, sich auf ein ebenso naheliegendes wie geheimnisvolles Gebiet zu wagen, wurde er zu einem Erforscher des menschlichen Körpers und enthüllte, was bis dahin niemals gesehen worden war.

Er entdeckte das Geheimnis der Venen und Arterien, der Muskeln, Nerven, Bänder, Gelenke, Knochen ... Er notierte alles, stellt es fein säuberlich mit

Bleistift oder Feder dar. In seinen Heften stehen die menschlichen Organe ganz natürlich neben anderen Objekten seiner Neugierde … Wildbäche, Berge, Wellenbewegungen, Gesteinsfaltungen, junge Männer ebenso schön wie Frauen, grimassierende Monster, Idealstädte, Schleusen und Brücken.

Selbst den Wind und die Seele der Menschen hatte er gezeichnet.

„Du musst mir helfen, sie bei der Arbeit anzuleiten", sagt Leonardo und holt Melzi aus seinen Gedanken. „Sie muss sprechen, sprechen und nochmals sprechen, um Fortschritte zu machen."

Melzi versagt fast die Stimme, als er fragt:

„Ich?"

„Ja, du, Francesco Melzi, mein Schüler."

Nach der Hochzeit

Unmittelbar auf die Taufe folgten auf Schloss Amboise die Hochzeitsfeiern von Lorenzo de' Medici, dem Taufpaten des Thronfolgers, und Prinzessin Madeleine de la Tour d'Auvergne. Die Lustbarkeiten sollten sich über zehn Tage erstrecken. Der König, der sich nicht mit halben Dingen begnügte, wollte seinen Gast mit einer wahrhaft königlichen Prachtentfaltung ehren. Festessen und Jagden wurden veranstaltet wie niemals zuvor und natürlich Wettkämpfe, bei denen ebenso wild wie begeistert gefochten wurde.

Junge Ritter, reich in Samt und Damast gekleidet, mit stolzen Federhüten standen einander in hitzigen Turnieren gegenüber. Alle lieben den Kampf leidenschaftlich. Und wenn es Verletzte gibt, was macht das schon!

Dann wurde bei einer mitten auf dem Feld aus Holz und Leinwand erbauten Festung, die einer echten glich, mit Wassergräben und hohen Mauern, Krieg gespielt.

Vier mit Eisen eingefasste Holzgeschütze schossen große mit Luft gefüllte Bälle ab – auch das eine

Idee Leonardos. Mindestens sechshundert Mann versammelten sich um den König, um die Festung zu verteidigen. Und ihnen gegenüber standen ebenso viele Soldaten, die den Angriff führten.

Man griff an, man erhitzte sich und vergaß dabei völlig, dass diese Kampfspiele nur der Zerstreuung dienen sollten. Manche verloren sogar ihr Leben dabei. Na, und wenn schon? Die Vergnügungen der Großen waren schon ein paar Opfer wert.

Es war ein schönes Fest. Begeistert und frisch gestärkt kehrte Lorenzo de' Medici mit seiner jungen Gemahlin nach Florenz zurück.

Das Leben nahm wieder seinen gewohnten Lauf.

Wie der Meister es von ihr verlangte, geht Caterina drei Mal pro Woche in sein Zimmer, um eine Stunde zu nehmen. Sobald sie in dem Raum auftaucht, begrüßt sie der kleine Affe stürmisch. Er klatscht in die Hände, stößt Schreie aus, umfasst ihre Beine mit seinen Armen, streichelt ihr die Füße, kurz, er überschlägt sich in Freundschaftsbezeugungen.

Battista, der die Szene beobachtet, kann nicht anders als sich lustig zu machen:

„Es ist ganz klar, er ist verliebt!"

Er steht Caterina nämlich gar nicht so gleichgültig gegenüber, wie er nach außen hin tut. Hinter seiner betonten Lässigkeit, seinen bisweilen übertriebenen Scherzen verbirgt sich ein Interesse, das nur darauf wartet, in Zärtlichkeit umzuschlagen. Nach und nach ist er dem unvergleichlichen Reiz dieses jungen Mädchens verfallen.

Caterina macht gewaltige Fortschritte und selbst Melzi hat sich beruhigt. Nicht ohne Mühe hat er seine Bedenken überwunden und akzeptiert, die Rolle des Lehrmeisters zu übernehmen. Er korrigiert Caterinas Aussprache mit der für ihn typischen Genauigkeit.

„Schade, Schaden, Schatten", lässt er sie wiederholen.

Caterina macht es bereitwillig.

„Scha..de, Scha..den, Schaden"

„Nein, Caterina, „Schatten"!

„Schatten."

„Gut! Singen, saugen, Sorgen" ...

Lehrer und Schüler

Aufmerksam verfolgt Leonardo die Fortschritte seiner Schülerin.

Ihre Ernsthaftigkeit, ihre Neugier und ihr Arbeitseifer gefallen ihm.

Er zeigt ihr seine Notizhefte und lässt sie die geheimen Seiten anschauen, auf denen wunderbare Madonnenzeichnungen neben den groteskesten Karikaturen zu sehen sind. Es amüsiert ihn, wenn sie bei den Personen mit vorstehendem Kinn, Hängelippe und einer Nase wie giftige Pilzknollen die Augen weit aufreißt.

„Große Häßlichkeit", sagt er, „ist genauso außergewöhnlich wie große Schönheit. Nur die Mittelmäßigkeit ist überall anzutreffen."

Er zeigt ihr eine Seite voll mit Skizzen von sich anschleichenden, miauenden, sich putzenden, zusammengerollt schlafenden und springenden Katzen.

„Schau, Caterina. Ein Tier auf dieser Seite gehört nicht dazu. Es hat vier Pfoten, einen Schwanz, aber es ist keine Katze."

Das junge Mädchen betrachtet genau alle Umrisse, sie runzelt die Augenbrauen, zögert und zeigt schließlich auf eines.

„Das ist ein Dra-che."

„Bravo! Und dort, was sieht du da?"

„Blumen."

„Welche? Erkennst du sie? Weißt du, wie sie heißen?

„Acker..winde, Hahnen..fuß, Butter..blume."

„Du bist ja eine großartige Botanikerin, Caterina!"

In ihrem Alter war Leonardo Lehrling bei Verrocchio, einem berühmten Künstler, der in Florenz sehr angesehen war. Vor seinem Eintritt in dessen Werkstätte war er niemals in eine Schule gegangen. Den einzigen Unterricht, den er genossen hatte, war der auf den Feldern und Hügeln seines Dorfes gewesen.

Bei Verrocchio hatte er gelernt, Bürsten herzustellen, Malfarben zuzubereiten, das Kochen der Kitte, Firnisse und Leime zu überwachen, die Vorzeichnung des Lehrers auf eine Holztafel zu übertragen und die ersten Farbschichten aufzutragen. Alles hatte er erlernt. Er war jung, neugierig und arbeitete fleißig. Er zeigte guten Willen, ob es sich nun darum handelte, die Grundierung vorzubereiten, Einkäufe zu tätigen oder den Boden aufzukehren.

Seine Lehrzeit bei Verrocchio hatte zwölf Jahre gedauert.

Zwölf Jahre lang hatte er Bildhauerkunst, Gusstechnik und Metallbearbeitung erlernt. Doch vor allem hatte er die gewaltige, nahezu magische Kraft der Malerei kennengelernt, durch die man besser noch als durch die Skulptur das darstellen konnte, was ist, was war und was sein wird.

„Lerne“, sagt er immer wieder zu Caterina. „Was du jetzt erwirbst, solange du jung bist, wird dir später über die schlechten Zeiten des Alters hinweghelfen. Was du heute in die Scheune einfährst, wird dir morgen als Nahrung dienen. Folge meinem Rat, Caterina, lerne und sei neugierig.“

Sein fast gänzlich gelähmter Arm behindert ihn beim Malen, aber er lässt sich nicht davon abbringen, weiter zu zeichnen, zu schreiben, zu erfinden.

Er würde es nicht aushalten, nicht nützlich zu sein.

Für Caterina denkt er sich einen Hörapparat aus, der noch ausgeklügelter ist als das Wunderhorn: zwei mit einer Schnur verbundene Stahlkegel, mit denen man mit beiden Ohren gleichzeitig hören kann.

Doch er ist mit seiner Erfindung noch nicht zufrieden.

Er holt seine Zeichnung wieder hervor, arbeitet weiter daran, zögert, beginnt von neuem, legt sie beiseite, weil ihn schon wieder eine andere Aufgabe ruft. So ist er, Leonardo, sein großartiger Verstand ist wie ein himmlischer Schmetterling, der von Blüte zu Blüte fliegt. Jeder Tag, oder fast jeder, hält einen neuen Studiengegenstand oder eine Überraschung für ihn bereit, und er muss das, was ihn noch am Vortag völlig beschäftigt hat, vorübergehend ruhen lassen. Er würde mehr als ein Menschenleben benötigen, um all das zu Ende zu führen, was er stets von neuem in Angriff nimmt.

Ein neues Leben

In Leonardos Zimmer fühlt sich Caterina geborgen.

Hier unter dem Schutz des Meisters und ihrer lieben Frau Mutter, die ihre Fortschritte wohlwollend verfolgt, hat sie das Gefühl, dass ihr nichts passieren kann.

Doch sie wagt nicht mehr, zu der Dame zu sprechen, wie sie es bei ihrer Ankunft im Schloss getan hat. Was sie ihr gerne im Geheimen anvertraut hätte, muss sie jetzt vor Leonardo und Melzi in kurzen abgehackten Sätzen aussprechen.

„Mein Va..ter hat sei..ne Tru..he beendet. Mein Bru..der Pepe ist stark ge..wach..sen. Meine Schwe..ster Maria hatte ein Kleid mit Seiden..borten an, als sie zu uns auf Besuch kam. Zu Hau..se geht es allen gut."

Die Dame weiß schon, dass diese knappen Nachrichten für sie bestimmt sind.

Als Caterina einmal ihre Geschwister besucht, zeigt sie Carlo und Pepe das Wunderhorn und erklärt ihnen, wie man es benutzt.

„Borg es mir", bettelt Carlo, „ich möchte es ausprobieren."

„Achtung ... zerbrechlich."

„Sag etwas, Caterina, sag noch etwas!", ruft der Bub begeistert. „Es klingt wie Donnergrollen!"

Pepe klatscht in die Hände. Er ist immer noch klein und mager für sein Alter, mausgesichtiger als zuvor, aber so aufgeweckt, dass es schön anzusehen ist. Auch ihn lässt Caterina das Wunderhorn ausprobieren, bis er zusammenzuckt.

„Laut!"

„Ja, mein lieber Pepe, laut, sehr laut!"

Er hält sich die Ohren zu.

„Stimmt es, Caterina, dass du Meister Leonardo jeden Tag siehst?", fragt Carlo.

„Ja. Oder beinahe."

„Und wie ist er, Messer Leonardo? Der Vater sagt, er ist schon recht alt."

„Seine Haa..re und sein Bart sind weiß, die Augen grün, sehr sanft. Aus der Ferne schaut er aus wie ein alter Herr. Aber wenn er spricht, dann ist er wie ein junger Mann."

„Ist er groß?"

„Ja, Carlo, er ist groß, größer als der Va..ter, größer als Mel..zi, größer als ich."

Der Bub bricht in Lachen aus.

„Du zählst doch nicht. Du bist eine Frau."

„Na, jetzt reicht es aber, Carlo!"

„Ich groß", behauptet Pepe, mit Nachdruck.

Caterina gibt ihm einen Kuss und lacht.

„Du musst noch viel, viel Suppe essen, mein lieber Pepe."

Man nennt sie nicht mehr die einfältige Caterina. Sie hat nun ein Leuchten in den Augen, das sie früher nicht hatte. Man spürt, das Leben hat wieder die Oberhand gewonnen. Nach und nach ist der Kummer verflogen, der sie nach dem Tod ihrer Mutter bedrückt hatte. Caterina hat sich der Welt gegenüber geöffnet. Das Wunderhorn war nur der Auslöser. Sie steht jetzt nicht mehr am Rand der menschlichen Gesellschaft. Sie hat gelernt, sich zu behaupten, hat an Selbstvertrauen gewonnen. Und vor allem hat sie wieder Freude am Leben. Sie strahlt, es macht Freude, das zu sehen.

Wenn Mathurine böse wird

Caterina weiß nicht, was sie sich nicht noch alles einfallen lassen soll, um dem Meister eine Freude zu machen.

In der Küche bereitet sie sorgfältig die Speisen zu, von denen sie weiß, dass sie seinem feinen Gaumen schmeicheln werden. Frischen Spargel, wie er ihn liebt, Kapernvinaigrette, Mandelsulz, Safransauce, eine Handvoll frische Bohnen, karamellisierte Birnen.

Leonardo isst wenig, vor allem kein Fleisch, aber er schätzt einfaches Essen, gut gekochtes Gemüse, aromatische Kräuter – Kerbel, Basilikum, Estragon, Petersil zum Würzen der Mahlzeiten, sowie Fenchel und Anis zur besseren Verdauung.

Und natürlich macht ihm Caterina *Pasta*, Nudeln wie in Italien.

Von Battista hat sie die Kunst der Zubereitung von Teigwaren gelernt. Denn Battista ist ein ausgezeichneter Koch! Bis dahin hatte er sich zurückgehalten und seine Kochkünste nicht gezeigt, um Mathurine, die sich sehr bemühte, für den Meister „italienisch" zu kochen, nicht den Rang abzulaufen.

Doch nun haben die Gefühle, die er für das junge Mädchen empfindet, alle seine Bedenken weggewischt.

Unter seiner Führung wurde Caterina sehr bald zu einer Könnerin in Sachen Makkaroni, Kräuterravioli, Sauerampfer-Cannelloni, lauter Spezialitäten, die der große Mann ganz besonders mag, wie noch viele andere, deren seltsame Namen sie vergnüglich aufzählt: *Zambetti, Bozolani, Tartari, Canoncini* ...

Für Meister Leonardo übertrifft sich Caterina selbst.

Und Mathurine?

Mathurine ist alles andere als froh darüber. Bis zu Caterinas Ankunft herrschte sie uneingeschränkt im Schloss. Und nun kommt dieses kleine Nichts von Mädchen, diese Intrigantin daher, macht ihr ihre Rolle beim Meister streitig und bildet sich auch noch ein, genauso gut kochen zu können wie sie! Sie schimpft, sie ist außer sich. „Siehst du nicht, dass du ihn störst?", sagt sie zu dem jungen Mädchen. „Kannst du nicht an deinem Platz bleiben?"

Mathurine kann es einfach nicht fassen, dass der erste Maler, Ingenieur und Architekt des Königs, den seine Majestät *Padre* nennt, seine wertvolle Zeit in Gesellschaft eines Landmädchens verbringt. „Du hältst ihn nur auf. Du lenkst ihn von seinen geistigen Tätigkeiten ab."

Und als Caterina nicht verstehen will und weiterhin dreimal pro Woche in Leonardos Zimmer geht, verbietet sie es ihr schließlich: „Von jetzt an bleibst du in der Küche."

Drei Falten zeigen sich auf ihrer Stirn und ein bitterer Zug liegt um ihren Mund. Sie blickt Caterina nun kaum noch an. Hochmütig sieht sie über sie hinweg.

Doch Leonardo lässt sich das nicht so einfach gefallen. Erstaunt, seine Schülerin nicht mehr zu sehen, lässt er Mathurine rufen und befiehlt ihr streng, sich den Besuchen seines Schützlings nicht zu widersetzen. „Denn Sie müssen verstehen, Mathurine, ich sehe sie gerne", sagt er zu ihr und schaut ihr fest in die Augen.

Da gibt es nichts dagegen zu sagen. Er ist der Meister. Sie brummt innerlich: „Was findet er nur an ihr?", doch sie fügt sich.

Und mit der Zeit gewöhnt sie sich sogar daran. Was soll es, wenn Messer Leonardo nur zufrieden ist!

Denn im Grunde hat sie Caterina nichts vorzuwerfen, im Gegenteil: Niemand hatte ihr jemals so gut geholfen. Vom Keller bis zum Turm ist Caterina überall anzutreffen, unauffällig und tatkräftig. Wie könnte sie noch ohne sie auskommen? Magdalena hatte niemals so viel gearbeitet, als sie damals im Schloss lebte.

Der Distelfink und seine Jungen

Eines Morgens tritt Caterina errötend in Leonardos Zimmer.

„Ich habe Euch ... etwas mit ... gebracht."

Was versteckt sie wohl hinter ihrem Rücken?

„Mmh. Etwas Gutes zum Essen?", fragt Leonardo.

„Nein."

„Eine Blume? Einen Stein?"

„Nein."

„Etwas Lebendiges?"

Caterina holt hinter dem Rücken einen aus geflochtenen Zweigen selbstgebastelten Käfig hervor, in dem ein winzig kleiner Distelfink kauerte.

Leonardo betrachtet den dort hockenden Vogel, der von Zeit zu Zeit leise piepst.

„Hast du gewusst, Caterina, dass ich Distelfinken liebe?"

„Ja, Meister, Ihr habt es mir einmal gesagt. Mein Bruder Carlo hat ihn gefangen. Er hat auch diesen Käfig gebaut. Er ist sehr geschickt."

„Tatsächlich", sagt Leonardo, ganz in Gedanken versunken.

Er geht zum Fenster.

„Weißt du, warum der Distelfink seinen Jungen in Gefangenschaft Wolfsmilchzweige bringt?"

„Um sie ... zu füttern."

„Nein, Caterina, nicht um sie zu füttern. Wolfsmilch enthält ein starkes Gift. Wenn der Distelfink ihnen die bringt, dann nicht, um sie zu füttern, sondern um sie zu töten. Denn in seinen Augen ist der Tod besser als ein Leben in Gefangenschaft."

Er öffnet die Fensterflügel.

„Bist du mir böse, wenn ich diesem schönen Vogel seine Freiheit wiedergebe? Das ist meine Art, dir dafür zu danken, dass du ihn mir gebracht hast."

Er öffnet den Käfig. Der Vogel hüpft bis an den Rand, zögert. Mit einem Satz ist er auf dem Fensterbrett. Dann breitet er seine Flügel aus und schwingt sich in den Himmel.

„Schau, wie er fliegt, Caterina! Schau, wie er aufsteigt, fast ohne mit den Flügeln zu schlagen. Der Wind trägt ihn. Er ist frei und lebendig. So liebe ich ihn."

Aber wieso, fragt sich Caterina, hat Leonardo, für den das Leben so viel wert ist, dann alle diese Kriegsmaschinen gebaut? Sie hat gehört, wie er mit Melzi von Gefechten, von Festungsanlagen, von Kriegsstrategie gesprochen hat. Sie hat auf verschiedenen Blättern detaillierte Skizzen von allen möglichen Waffen gesehen – Bögen, Armbrüste, Geschütze, Granaten.

Und auch auf der Seite in dem Notizheft, an dem der Meister gerade arbeitete, als sie hereinkam, befindet sich die Zeichnung einer beeindruckenden, mit Winden und Rollen ausgestatteten Kriegsmaschine.

Leonardo lächelt. Er hat den Blick Caterinas aufgefangen. Er liest in ihr wie in einem offenen Buch.

„Ich weiß, was du denkst."

Die Wangen des jungen Mädchens werden schon wieder rot. Sie möchte nicht bei jeder Gelegenheit gleich erröten.

„Einem Menschen das Leben zu nehmen, ist etwas ganz Entsetzliches", sagt Leonardo. „Entsetzlich. Aber so sind die Menschen, sie lieben den Krieg. Ich kann daran nichts ändern. So erfinde ich Kanonen, die dazu dienen, das kostbarste Gut der Menschen zu schützen und zu verteidigen: ihre Freiheit."

Caterina sagt nichts, aber sie muss unwillkürlich daran denken, dass die Menschen voller Widersprüche sind.

Das Paradies auf Erden

Festlich geschmückt erscheint der Garten im Juni. Die Gartenlauben biegen sich unter der Rosenlast. Lupinen, Mohn- und Glockenblumen wetteifern an Schönheit in den mit geflochtenen Weidenzweigen fein säuberlich eingefassten Blumenbeeten, und eine leichte Brise von der Loire lässt die blühenden Bäume erzittern.

In der Küche des kleinen Schlosses geht es hoch her.

Kapaune, Rebhühner und Poularden werden gerupft, Reh- und Hirschkeulen gespickt, Schweinsköpfe und Wildschweinbrüste gestopft, Pasteten, Terrinen und Ragouts zubereitet, aufwendige Saucen, Marzipan, Konfitüren und Dragées. Caterina schneidet, würzt und übergießt das Fleisch. Mathurine kocht endlich wieder mit Begeisterung und Vergnügen. Sie hat eine Pastete in Form einer Burg zubereitet, in der sich ein Zwerg versteckt, ein richtiger, mit Federn bedeckt wie ein Stück Geflügel. Auch Austern sollen serviert werden, Forellen, Neunaugen aus der Loire, auf Goldgeschirr, und rubinrote Burgunderweine in großen Kristallgläsern.

Zum Festprogramm, das sich Leonardo ausgedacht hat, um Franz I. für seine Gastfreundschaft zu danken, werden unzählige Menschen erwartet. Für diesen Anlass schuf er das „Paradies auf Erden". Die Steinplatten im Hof ließ er mit himmelblauem Stoff belegen und an den Steinmauern nachtblaue, mit Goldsternen übersäte Stoffe aufhängen. Diese märchenhafte Kulisse wird als Schrein für die sieben Planeten dienen, die von Tänzern darstellt werden. Zuerst werden sie unbeweglich in großen vergoldeten Nischen stehen und sich dann im Laufe des Abends in Bewegung setzen. Als erste werden Sonne und Mond zum Klang von Lauten, Violen, Harfen, Flöten und Oboen lebendig werden, gefolgt von Venus, Mars, Saturn, Jupiter und Merkur.

Kerzen von vierhundert zweiarmigen Kandelabern werden die Dunkelheit mit flackerndem Licht erhellen, um den größten aller Könige zu feiern. Türkische Tänze wird es geben, Reigen und Pavanen. Wie einst in Pavia wird ein Automat Lilienblüten zu Füßen Franz I. verstreuen, und die Musik wird Sinne, Herz und Seele der zahllosen Gäste verzaubern.

Leonardo hat alles genauestens aufeinander abgestimmt, damit dieses paradiesische Fest vom Juni 1518 allen lange im Gedächtnis bleibt.

König Franz I. hebt sein Glas auf seinen Hofmaler.

„*Padre*, Ihr seid einmalig!"

Zwischen den drei Frauen in seinem Leben, seiner Mutter Louise von Savoyen, seiner Schwester Marguerite und seiner Frau Claude scheint er der glücklichste Mann der Welt zu sein. Aus Vergnügen, sie alle erbleichen zu sehen, erzählt er ihnen, wie am Vormittag ein Hirsch aus dem Unterholz herausgebrochen ist und er dadurch beinahe vom Pferd gestürzt wäre. Die Damen stoßen spitze Schreckensschreie aus.

„Gelobt sei Gott, Ihr habt Euch nicht verletzt", sagt Louise von Savoyen, der Ohnmacht nahe, zu ihrem „Cäsar".

Caterina, die den Gästen aufträgt, betrachtet heimlich das Gesicht des Herrschers, dessen gewaltige vorspringende Nase, die mandelförmigen Augen, in denen es schelmisch leuchtet, den Mund eines Genießers. Reich gekleidet in einem kostbaren weißen, mit Edelsteinen verzierten Samtwams mit Schlitzen, überragt er alle Gäste an Größe und Eleganz.

Neben ihm schlemmen seine Freunde Anne de Montmorency, Philippe Chabot und der berüchtigte Fleuranges, der Magdalena verführt hatte. Caterina war ihm kurz davor über den Weg gelaufen, als er mit seiner lärmenden Begleitung eintraf, und sie sah, wie seine Züge kurz vor Überraschung erstarrten. Sie hatte vergessen, dass sie Magdalena so ähnlich sah! Vor kurzem hatte sie von ihrer Cousine erfahren, dass der Freund des Königs kurz nach dem Tod der jungen Frau ihrem Vater einen Geldbeutel bringen ließ, und dieser ihn zurückschicken und ihm ausrichten ließ, dass alles Gold dieser Welt ihm seine Tochter nicht zurückgeben könne.

Ein Blitz durchzuckt die Dunkelheit, und dichter, weißer Rauch verbreitet sich über den Eingeladenen.

Einige Damen schreien „Feuer" und wollen schon aufstehen, aber man beruhigt sie schnell; der Rauch ist nur einer der vielen Kunstkniffe, die Leonardo sich ausgedacht hat. Man raunt, er sei einst Alchemist gewesen. Dass er nicht nur Schwarzpulver, mit dem man Feuerwerke und Rauch erzeugen kann, sondern auch Tränke und gefährliche Gifte zubereiten und sogar Blei in Gold verwandeln könne.

Alle Augen sind auf den Meister gerichtet. Er sitzt jetzt zur Rechten des Königs. Die Vorstellung kann beginnen.

Die Wangen der Frauen leuchten rosig unter der Wirkung der Burgunder Weine, ihre Augen glänzen im Halbdunkel. Und als der kleine silbrige Mond und die große goldene Sonne ihren Tanz beginnen, geht ein überraschtes und bewunderndes „Oh" durch die Menge.

In der Küche umfängt Battista, der einen über den Durst getrunken hat, Caterina um die Taille und flüstert ihr zu, wie hübsch sie sei und wenn sie nur wollte, heute Abend, … Seine Haare stehen struppig zu Berge, seine Mundwinkel sind feucht und der Blick glasig, so dass er sich morgen bestimmt an nichts mehr erinnern kann. Caterina hilft ihm, sich auf die Bank gegenüber dem Tisch zu setzen, auf die er sich mit seinem ganzen Gewicht fallen lässt. Schon schläft er wie ein Kind. Daraufhin streichelt sie ihm sanft über den Kopf, wie sie es bei Pepe gemacht hätte.

Was Leonardo sagt

Der Sommer wirkt wie Balsam auf Leonardos Schmerzen. In der Wärme macht ihm sein Arm weniger zu schaffen. Er beginnt zu träumen. Vielleicht könnte er eines Tages wieder zu malen beginnen?

In der Zwischenzeit bringt er Melzi alle Geheimnisse des Handwerks bei: die Kunst, Pigmente auszuwählen, sie zu zerstoßen, um die zartesten Farben zu erhalten, das Holz vorzubereiten, damit es so glatt und glänzend wie Marmor wird.

„Du musst bei der Auswahl des Holzes – sei es Zypressen-, Birnen-, Ebereschen- oder Nussholz – ganz sorgfältig vorgehen", doziert er. „Dann musst du es mit doppelt destilliertem Terpentinkitt und Kalk bestreichen. Dann lässt du es je nach Luftfeuchtigkeit entweder aufquellen oder sich zusammenziehen. Kannst du mir folgen?"

„Ja, Meister."

„Daraufhin überziehst du es mit einer Arsenlösung, bestreichst es mit gekochtem Leinöl, das du überall eindringen lässt. Bevor das Öl kalt wird, musst du die Holztafel mit einem trockenen Tuch abreiben. Danach bringst du flüssigen Firnis auf und Kremserweiß. Dann trocknen lassen, und sobald es trocken ist, mit Urin abwaschen."

„Mit Urin?", wundert sich Melzi.

„Ja, zum Aufhellen. Dann schleifst du die Oberfläche sorgfältig und dann erst kannst du mit dem Zeichnen beginnen. Schließlich überziehst du deine Zeichnung mit einem Anstrich aus dreißig Anteilen Graugrün und zwei Anteilen Gelb."

„Dreißig Anteile Graugrün und zwei Gelb", notiert Melzi genau in sein Heft.

Danach erklärt ihm Leonardo, wie man in aufeinanderfolgenden Schichten malt, mit leichten immer dünkleren Farbaufträgen, um die Formen herauszumodellieren. Er teilt ihm alles mit, was er weiß.

Das Malen fehlt ihm.

Er erinnert sich an die Zeit, als er im Refektorium des Klosters Santa Maria delle Grazie in Mailand monatelang an seinem gewaltigen *Abendmahl* arbeitete. Mit welcher Freude kletterte er schon früh am Morgen auf sein Gerüst, machte sich ans Werk und malte ohne Pause bis zur Abenddämmerung. Er war so in seine Arbeit vertieft, dass er manchmal aufs Essen vergaß! So konnte er mehrere Tage hintereinander arbeiten. Und dann plötzlich unterbrach er sie.

Dann kam es vor, dass er mehrere Tage lang keinen Pinsel anrührte.

Er blieb in einiger Entfernung stehen, betrachtete die bereits gemalten Figuren genau, studierte einen bestimmten Ausdruck, bewertete eine bestimmte Haltung, eine bestimmte Handbewegung, als ob ein anderer sie gemalt hätte. Er brauchte diesen Abstand, um danach die Arbeit fortsetzen zu können.

Er hatte es sich angewöhnt, das Spiel jeder seiner Figuren schriftlich festzuhalten, als wäre er der Regisseur eines unbewegten, stummen Theaterstücks.

Wie konnte er Überraschung, Angst, Empörung, Vertrauen, Verrat am besten zum Ausdruck bringen?

Er notierte die Haltungen, die Gesten jedes Einzelnen. Der eine hält seine geöffneten Hände hin, der andere flüstert seinem Nachbarn etwas ins Ohr und wieder einer stellt sein Glas auf dem Tisch ab …

Leonardo schreckt aus seinen Gedanken auf und sagt zu Melzi:

„Ein guter Maler darf sich nicht damit zufriedengeben, Personen darzustellen. Er muss auch ihre Sehnsüchte, ihre Leidenschaften, ihre Seelenqualen und Absichten wiedergeben."

An den Tagen, an denen Caterina zu ihrer Unterrichtsstunde kommt, spricht er mit ihr über die großen Bewegungen der Erde und des Himmels.

„Weißt du, mein Kind, die Sonne ist wie eine Schnecke. Eine ehrwürdige Schnecke. Schau sie dir nur an! Schau sie dir gut an! Du hast den Eindruck, dass sie über den Himmel wandert, weil sie sich am Morgen im Osten befindet und am Abend im Westen, aber das ist eine Illusion. Sie bewegt sich nicht im Himmel. Die Erde dreht sich, Caterina, nicht die Sonne!"

Die Erde dreht sich! Caterina betrachtet ihre Füße, die fest am Boden stehen. Sie verspürt kein Schlingern, kein Schwindelgefühl. Wie soll sich denn nur die Erde drehen, mit ihren Bergen, Hügeln, den festverwurzelten Bäumen, den Flüssen und Ozeanen?

Leonardo lächelt.

„Du kannst von der Bewegung der Erde nichts merken, Caterina, denn sie dreht sich ganz langsam. Nur die Untersuchung des Himmels und die Stellung der Planeten am Himmelsgewölbe geben uns über ihre unmerkliche Drehung Auskunft."

Eines Tages erfasst Leonardo angesichts der Stöße von verstreuten Papierblättern, der unendlichen Menge seiner Notizen, die er sein ganzes Leben lang verfasst hat, während Melzi neben ihm nach seinen Anweisungen eine Zeichnung koloriert, kurz die Verzweiflung:

„Ich bin wie ein zersplittertes Königreich. Ich habe mich so sehr verzettelt in meinem Leben! Der Geist, der sich unterschiedlichen Themen zuwendet, findet sich nicht mehr zurecht und schwächt sich selbst. Warum habe ich nicht mehr gemalt? Das konnte ich doch eindeutig am besten."

Melzi protestiert:

„Meister, Eure Erfindungen werden die Welt revolutionieren. Ich werde Eure Schriften im ganzen Universum verbreiten. Alle sollen wissen, welch ein Genie Ihr seid."

Man muss die Ohren spitzen, um zu verstehen, was der alte Mann daraufhin murmelt:

„Und wenn das alles nichts als ein großer Betrug wäre …"

Melzi tut so, als hätte er nichts gehört.

Nichts bereitet ihm größeren Kummer, als wenn sein Meister, sein Vorbild, sein Gott auf seinem Sockel wankt. Er ist für ihn mehr als ein Vater, er ist sein ganzes Leben.

Herzklopfen

Von den Zweifeln und Fragestellungen Leonardos bekommt Caterina nichts mit. Einen solchen Lehrer zu haben, ist für sie geradezu unglaublich. Unerhofft. Durch ihn entkommt sie langsam dem Nebel der Kindheit und öffnet nacheinander die Tore des Wissens. Das ist ein aufregendes Abenteuer, ein ständiger Umbruch. Die Unendlichkeit der Welt zu entdecken überwältigt sie. Plötzlich begeistert sie alles.

Jedes Mal, wenn sie den Meister verlässt, fühlt sie eine starke, tiefe Freude, wiederum etwas Unbekanntes erforscht zu haben. Wie hätte sie sich je vorstellen können, dass ihr das Lernen so viel Glück verschafft? Selten hat sie sich so lebendig gefühlt, und das Herz in ihrer Brust hat niemals so stark geschlagen.

Doch der Unterricht bei Leonardo ist vielleicht nicht der einzige Grund dafür …

Eines Morgens, als Caterina gerade dabei war, die großen Steinplatten im Vorraum des Schlosses aufzuwaschen, stand plötzlich jemand vor ihr, als sie die Augen hob. Battista war es. Er schaute sie unverwandt an.

„Weißt du, dass du immer hübscher wirst, Caterina?“, murmelte er. „Eigentlich bist du noch viel hübscher als Magdalena.“

Das junge Mädchen runzelte die Augenbrauen. Sie war nicht ganz sicher, ob sie richtig gehört hatte oder sie traute ihren Ohren nicht.

„Ja, du bist sehr hübsch“, sagte Battista noch einmal und kniete sich vor sie hin.

Sie wich unvermutet zurück und errötete wie immer heftig. Noch nie hatte man ihr ein derartiges Kompliment gemacht. Hatte schon jemals irgendjemand ihr ein Kompliment gemacht, ihren Fleiß, ihre tadellose Arbeit gelobt? Wohl kaum. Und was die Schönheit anlangt, so war immer nur von Magdalena die Rede gewesen. Magdalena mit ihrem weißen Hals, den herabfallenden Schultern war so strahlend schön, dass die Gespräche verstummten, wenn sie auftauchte. Magdalena, die die Männer mit den Augen auszogen. Für die es nur Huldigungen, leidenschaftliche Seufzer und süße Blicke gab.

Bestimmt und zart – so zart, wie sie es ihm niemals zugetraut hätte – hatte Battista das Bodentuch zu ihren Füßen hingelegt und ihre Hände in die seinen genommen. Caterina hatte versucht, sich zu befreien – ihre Hände waren ganz nass, sie wollte sie zumindest abwischen – aber er hatte sie noch fester gedrückt.

„Psst!", hatte er geflüstert.

Battistas Gesicht war ihrem ganz nahe, seine Augen hatten die goldene Farbe von Lebkuchen, sein Atem roch frisch nach Wald. Er hatte sich noch ein bisschen heruntergebeugt und Caterina einen leichten Kuss ... auf die Stirn gegeben.

„Das reicht für heute, Fräulein Rührmichnichtan."

Caterina hatte zu lachen begonnen. Dieses kleine Küsschen, dieser scherzhafte Kuss hatte alle ihre Ängste verjagt. Sie hatte sich plötzlich befreit gefühlt. Es war also möglich, dass Burschen und Mädchen miteinander lachten und spielten. So konnte man sich also berühren, scherzen, tändeln, ohne Katastrophen auszulösen. Die Liebe drückte einen also nicht zwangsläufig zu Boden, zerriss einem nicht den Leib. Die Liebe konnte leicht sein wie eine Sommerbrise, zart wie weißer Reseda, fröhlich wie das Trillern einer Nachtigall. Caterina hätte sich niemals vorstellen können, dass das Leben für sie so viele Überraschungen, so prickelnde Freuden bereithielt.

Battista ließ ihre Hände los und strich ihr über die Wange.

„Du bist ein schönes Mädchen, Caterina."

Sie hatte die Augen geschlossen und fühlte, wie seine Lippen die ihren berührten.

Wenn es Winter wird

Die Jahreszeiten vergehen, die Schatten schwinden.

Die kleine Prinzessin Louise, die älteste Tochter des Königs, war im Herbst gestorben. Weder Heiltränke noch Aderlässe konnten sie retten. So mächtig sie auch sein mögen, nicht einmal die Könige werden vom Tod verschont, der um das Bett der kleinen Kinder schleicht.

Dann kam der Winter, der in diesem Jahre besonders streng war.

Man musste die Fenster abdichten, die inneren Fensterläden schließen, Wollsachen und Pelze übereinander anziehen, um sich gegen die beißende Kälte zu schützen.

Eine kurze Zeit lang entzieht ein Schneemantel den schlafenden Garten des hübschen Schlösschens Cloux den Blicken.

Die Zeit scheint stehengeblieben zu sein.

Vom Küchenfenster aus verfolgt Caterina zerstreut die Vögel, die auf der Suche nach nicht vorhandenen Körnern im Schnee picken und auf der Stelle hüpfen, um sich nicht die Füße abzufrieren.

Sie genießt die wohltuende Stille dieser ruhigen weißen Pracht.

Später wird sie Battista beim zugefrorenen Teich treffen, und dann werden sie gemeinsam zu ihrem Vater gehen.

Antonio Graci hat die lange Trauerzeit beendet, in der er seine vor fast zwei Jahren verstorbene Frau beweint hatte. Vor kurzem hat er die sehr junge Margot geheiratet, deren Leib von einem Kind, das im Sommer auf die Welt kommen wird, schon rundliche Formen annimmt. Ihre blonde Erscheinung und ihr Lachen verjagen die Geister der Vergangenheit, lassen die Traurigkeit schwinden. Margot ist sanftmütig und entgegenkommend, und Pepe, der ihr am Anfang etwas misstrauisch gegenüberstand, hat sie fast vollständig an Mutter statt angenommen. Antonio selbst ist völlig verwandelt. Er hat seinen alten Tatendrang wiedergefunden, und lustig pfeifend hat er gerade einen prachtvollen Geschirrschrank für einen adeligen Herrn aus der Umgebung fertiggestellt.

Von der Wiederverheiratung des Vaters hat Caterina der Frau Mutter kein Sterbenswörtchen gesagt, doch durch den Schleier der Melancholie, der plötzlich ihr Lächeln überschattete, hat diese ihr zu verstehen gegeben, dass sie von dort, wo sie ist, alles gesehen, gehört und verstanden hat.

Seit langem spricht Caterina nicht mehr laut mit

ihr und sie wendet sich nur noch im Geheimen ihres Herzens an sie. Doch in der Nacht begegnet sie ihr oft im Traum, am Fuße der blauen Berge, in dieser Landschaft, die sie so gut kennt, dass sie mit geschlossenen Augen dort spazieren gehen könnte.

Von Zeit zu Zeit, wenn Leonardo ihren Blick auffängt, den sie der Dame zuwendet, flüstert er ihr zu, wie bei ihrer ersten Begegnung:

„Sie ist schön, meine Gioconda, nicht wahr?"

Der König hat neuerlich angeboten, ihm das Bild abzukaufen, aber er hat es wieder abgelehnt und gesagt, dazu bliebe später noch immer Zeit. Wenn er nicht mehr da sei.

Caterina kann nicht über zu wenig Arbeit klagen. Mathurine hat zu große Schmerzen an der Hand, um so wie früher tätig zu sein. Die Kälte hat die Erinnerung an den tiefen Schnitt, den sie sich im Frühling zugezogen hat, wieder wach werden lassen. Manchmal hat sie den Eindruck, dass ihre klammen Finger ihr nicht mehr gehorchen.

„Wir sind beide alt", hat sie unlängst gewagt, zu Leonardo zu sagen, der sich über seinen gefühllosen Arm beklagte.

„Zwei alte Bäume, aber noch grün!", scherzte er.

Doch Mathurine, Caterina und alle, die ihm nahe sind, merken sehr wohl, dass er müde ist.

Er geht kaum noch aus seinem Zimmer, in dem er, eingehüllt in ein weites, mit Marderpelz besetztes schwarzes Gewand, seine Tage mit Lesen und Arbeiten verbringt und die Ränder seiner Hefte mit den geheimnisvollen Figuren vollschreibt. „Meine geometrischen Spiele“, sagt er und kneift die Augen zusammen.

Und jetzt ist es immer der König, der zu ihm auf Besuch kommt, wenn er in Amboise ist, und dabei wie gewöhnlich den Geheimgang benützt, der das große Schloss mit dem kleinen Schlösschen verbindet. Manchmal macht er auch bei Leonardo Halt, wenn er von der Jagd heimkommt, mit seinen Leuten und seiner Hundemeute, seinem schönen grünen Anzug, der nach den langen Ritten bei der Verfolgung eines Rehs oder eines Hirschen ganz mit Dreck bespritzt ist. Dann wird das Schlösschen für ein paar Stunden von Leben erfüllt. Die wilden, weißen Hunde bellen, sie brauchen etwas zu trinken. Es wird lautstark gesprochen, das klangvolle Lachen des Königs schallt durch die Zimmerfluchten. Mathurine und Caterina bereiten eilig einen Imbiss – Brot, Pastete und Wurst, dazu Wein aus dem Loiretal – für die Jäger zu, die sich stärken und Kommentare zur Jagd abgeben, während sie darauf warten, dass der König wieder aus dem Zimmer Leonardos herabkommt, in dem er allein mit ihm zu Mittag speist.

Franz I., der doch nichts so sehr liebt wie Veränderungen, wird es nicht müde, sich mit dem großen Mann zu unterhalten, dessen Verstand und enzyklopädisches Wissen ihn nach wie vor faszinieren. Mit wem sonst könnte er so über alles sprechen, davon träumen, dass die Menschen eines Tages in der Luft fliegen, auf dem Meeresboden gehen und mit enormer Geschwindigkeit auf Stahlpferden durch die Welt ziehen werden?

Was macht es da schon, dass die große Baustelle des Schlosses in Romorantin aufgegeben wurde? Leonardo hatte die Pläne dazu gemacht und sich ein großartiges sternförmiges Kanalnetz ausgedacht, das das neue Schloss mit allen königlichen Residenzen in Frankreich verbinden sollte. Befindet sich Romorantin nicht genau in der Mitte Frankreichs? Der geniale Erfinder hatte es in eine Idealstadt verwandelt und Franz I. träumte davon, dort seine neue Hauptstadt zu errichten. Doch kurz nach Baubeginn hatte die Malaria, diese Plage der ungesunden Sümpfe der Sologne, die Arbeiter hinweggerafft. Die Mücken hatten schließlich die Oberhand gewonnen und das Projekt musste aufgegeben werden.

Bleibt also noch die Regulierung des Flusslaufes der Loire, damit der große wilde Fluss zu allen Jahreszeiten befahrbar ist. Leonardo hat geplant, Kanäle zu graben und Mühlen zu bauen, um die Sümpfe trockenzulegen. Doch Franz I. folgt diesen Plänen nur noch aus der Ferne. Der aufbrausende

König von Frankreich ist viel zu sehr damit beschäftigt, sich dem König von Spanien entgegenzustellen, der es – wie er – auf das riesige Deutsche Reich abgesehen hatte. Er sieht auch, dass sein lieber *Padre* alt wird. Vor kurzem kam ein Italiener auf der Durchreise vorbei, um den großen Mann zu begrüßen, und hielt ihn für fast zehn Jahre älter als er wirklich war.

Leonardo wird von Schmerzen gepeinigt. Mathurine, die sich mit Heilpflanzen auskennt, hat Caterina gezeigt, wie man die Leiden ihres Meisters mit komplizierten Mischungen aus Rosenöl, Seerosen, Arnika und Mohn lindern kann.

Er sagt, dass es ihm gut tut.

Stimmt das auch? Das ist nicht so sicher. Doch er ist gerührt über die unzähligen Aufmerksamkeiten und das Feingefühl dieser beiden Frauen, der ganz jungen und der älteren, deren einziges Bestreben es ist, ihm etwas Gutes zu tun. Das erste Mal in seinem Leben lernt er in diesem kleinen Schloss am Ufer der Loire in ihrer Gesellschaft und der von Melzi und Battista die Ruhe und die Annehmlichkeiten kennen, wie es in einem Familienleben sein könnte. Niemals hatte er in Florenz oder in Mailand etwas Ähnliches gekannt. Dafür ist er ihnen allen dankbar.

Und dann ist er froh und stolz, dass seine Ausdauer schließlich Erfolg gehabt hat: Caterina kann sprechen. Auf ihre Art zwar, doch ist sie jetzt fähig, ihre Gefühle zum Ausdruck zu bringen. Auch wenn sie ihre seltsame, herbe Stimme bewahrt hat und eine abgehackte Aussprache, so versteht man sie jetzt ohne große Schwierigkeiten. Das Wunderhorn ist ihr immer noch eine wertvolle Hilfe, aber sie hat seither auch gelernt, die Worte von den Lippen ihrer Gesprächspartner abzulesen. Leonardo ist es zu verdanken und der geheimen Unterstützung ihrer Frau Mutter, dass sie nicht mehr am Rand der Gesellschaft lebt.

Frühling

Weiße Narzissen blühten im Garten. Königin Claude feierte den Frühling und das Leben, indem sie am 31. März, dreizehn Monate nach dem ersten, einen zweiten Sohn zur Welt brachte.

„Henri, der zweite Sohn meines Sohnes, wurde zur Mitte der Fastenzeit in Saint-Germain-en-Laye, um sieben Uhr sechs Minuten am Vormittag, im Jahr 1519 geboren", notierte Louise von Savoyen in ihr kostbares Tagebuch.

Eines Morgens nach dem Aufstehen fand Battista am Bettende von Meister Leonardo den kleinen leblosen Körper des Affen.

Er war in der Nacht gestorben.

Als Battista ihn aufhob, um ihn hinauszutragen, war er erstaunt, wie leicht er war. Er wog nicht mehr als ein paar Gramm. Als wäre er sein Leben lang nur Energie und Bewegung gewesen.

Leonardo, der vorgab, ihn nur zur Not zu ertragen, war darüber erstaunlich betroffen. Er hätte niemals gedacht, deshalb solchen Kummer zu empfinden. Ohne es zu wollen, hatte er den Affen liebgewonnen und ihn manchmal im Geheimen Salai genannt.

Caterina war in Tränen ausgebrochen, als Battista mit dem winzigen toten Körper in die Küche trat. Schweren Herzens schlug sie vor, ihn im Obstgarten zu begraben.

Battista grub das Loch unter dem ältesten Birnbaum und gemeinsam legten sie den kleinen Affen auf ein Bett aus grünem Efeu.

„Adieu, kleiner … Freund“, flüsterte Caterina mit ihrer seltsamen Stimme.

Es war ein feuchter, nebeliger Morgen, sie zitterte. Daraufhin nahm Battista sie in die Arme und drückte sie lange an sich.

Bald ist es ein Jahr her, seit Caterina in Begleitung des großen Gilles ins Schloss gekommen ist. Inzwischen war sie, von allen geliebt und zurückhaltend wie sie war, geradezu unentbehrlich geworden.

Seit kurzem ist sie, so wie alle in Cloux, über den sich verschlechternden Gesundheitszustand Leonardos besorgt. Er hat sich am 15. April, an seinem 67. Geburtstag, erkältet und verlässt seither sein Zimmer nicht mehr.

In der großen Küche bereitet ihm Caterina, nach den Angaben Mathurines, richtige Zaubertränke zu, bei denen sie Mädesüß, grüne Brennnesseln und Lungensplintholz mit Erdbeer- und Mäusedornwurzeln vermischt. Ganz heimlich hat Mathurine ein Skorpionelixier gebracht, das, wie sie sagt, Wunder bewirken kann. Sie gibt einige Tropfen davon in die Speisen, die für Leonardo bestimmt sind.

Battista wiederum läuft geschäftig herum, müht sich erfolglos ab, bringt Suppen, diverse Kräutertees, leichte Pürees und Mus aus der Küche ins Zimmer seines Meisters, aus dem Zimmer in die Küche, stolpert manchmal, flucht zwischen den Zähnen. Er muss mit Samthandschuhen angefasst werden. Die Krankheit macht ihm Angst, er möchte weit weg sein.

Die beiden Frauen können nichts anderes tun als darauf zu warten, welche Neuigkeiten er je nach Lust und Laune bringt. Jeden Tag, wenn er in der Küche erscheint, erkundigen sie sich, wie Messer Leonardo die Nacht verbracht hat.

Eines Morgens kommt Battista mit Ringen unter den Augen daher und schaut ganz mitgenommen aus.

„Oh, du … hast … gar nicht … geschlafen!“, sagt Caterina und nimmt ihn bei der Hand.

„Nicht eine Minute. Er hat die ganze Nacht gehustet. Melzi und ich haben versucht, ihn im Bett aufzusetzen, ihn mit Kampferöl einzureiben, nichts hat geholfen.“

„Hast du ihm zumindest den Trank gegeben, den ich für ihn zubereitet habe?“, fragt Mathurine.

„Er hat kaum einen Schluck davon getrunken. Er war ihm zu bitter.“

„Dann werde ich Honig dazugeben."

„Es ist aber nicht sicher, ob er ihn dann einnehmen wird. Man muss sich mit ihm streiten, um ihm irgendetwas einzuflößen. Er hat Schwierigkeiten beim Schlucken. Ich bin nicht sicher, ob er seine Suppe trinken will."

„Ich habe ihm Milchreis mit Zitronenschale gemacht", sagt Mathurine. „Wenn er nur ein paar Löffel zu sich nehmen könnte, dann würde er wieder zu Kräften kommen."

Caterina begleitet Battista fast bis zum oberen Treppenende. Sie ist seit mehr als einer Woche nicht in Leondardos Zimmer getreten. Seit Melzi plötzlich erklärt hat, niemand außer ihm und Battista dürfe sich dem Kranken nähern. Er will, dass sie als einzige bei ihm wachen.

„Sag ihm ..., dass ich den Distelfink gesehen habe ... und er ... im Nussbaum ... sein Nest macht", sagt Caterina.

„Glaubst du wirklich, dass das der richtige Moment ist?", meint Battista erstaunt.

„Bitte! Er wird es schon verstehen."

Der junge Mann stellt das Tablett auf einer Stufe ab und umfängt Caterina.

„Wenn du wüsstest, wie tapfer er ist, Caterina. Nie eine Klage, nie eine Unmutsäußerung. Ich ertrage es nicht, ihn so leiden zu sehen."

Er schaut wie ein kleiner, unglücklicher Junge aus.

Caterina streicht ihm über die Wange, die Stirn, die Haare und küsst ihn sanft.

„Ich habe den Eindruck, dass ich dich jeden Tag mehr liebe“, murmelt Battista.

Caterina lächelt.

„Das ist gut so … so soll es sein. Und jetzt geh … er wartet auf dich.“

Schon beginnt die Legende

Die Tage ziehen sich endlos dahin. Es herrscht eine düstere Stimmung.

Leonardos Gesundheitszustand verschlechtert sich tagtäglich, doch nur ganz langsam dringen Neuigkeiten aus dem Zimmer.

Caterina und Mathurine verbergen ihre Angst und räumen die Küche gründlich auf.

Am 23. April, um Punkt elf Uhr, stürmt Battista herein. Leonardo hat ihn gebeten, einen Notar aus der Stadt zu holen. Er flüstert:

„Melzi hat ihm geholfen, sein Testament aufzusetzen."

Und zu Caterina gewandt sagt er:

„Er dankt dir für den Distelfink. Er spricht fast gar nicht mehr, aber er hat gemurmelt, es freue ihn, dass er frei ist. Ich sollte es dir unbedingt sagen."

Später kommen drei schwarzgekleidete Männer, der Notar und zwei Zeugen, durch die Vorhalle des Schlösschens. Battista führt sie bis zum Zimmer. Drei traurige Gestalten, ein finsterer Reigen, alle haben todernste Mienen aufgesetzt.

Einige Tage später schickt man nach dem Priester.

Am 2. Mai geht es Messer Leonardo noch schlechter.

Mathurine flüstert Caterina zu, die aus dem Gemüsegarten kommt, der König persönlich sei im Schlösschen, sie hätte seine hohe Gestalt und sein goldenes Wams gesehen, als er in das Zimmer des Meisters trat.

Die beiden Frauen warten in bedrücktem Schweigen.

Battista kommt an die frische Luft in den Garten. Caterina geht ihm nach. Er bricht in Schluchzen aus.

Schließlich erscheint Melzi. Er hat Tränen in den Augen.

Die beiden Frauen bekreuzigen sich.

„Und der König?“, fragt Mathurine schüchtern.

Melzi blickt sie verständnislos an und wendet sich ab, um zu weinen.

Hat Mathurine nur geträumt? Hat sie wirklich gesehen, wie Franz I. in Leonardos Zimmer geschlüpft ist? Was macht es schon aus? Sie wird allen erzählen, dass der König anwesend war und der große Leonardo da Vinci in seinen Armen den letzten Atemzug getan hat. Und schon beginnt die Legende …

Drei Jahrhunderte später wird ein berühmter Maler diese Szene darstellen.

Die Berühmtheit des Meisters kann sich nun in der ganzen Welt ausbreiten. Doch im Moment schluchzt Caterina und drückt das Wunderhorn ans Herz.

Bald wird sie Battista heiraten und sich in der Nähe niederlassen, in einem Haus aus Lehm, das dem ihres Vaters gleicht.

Bald wird sie Pepe zu sich nehmen und selbst ein erstes Kind erwarten, einen Knaben, den sie Leonardo nennen wird.

Bald ... Später.

Doch das weiß sie zu dieser Stunde noch nicht. Und wüsste sie es, es würde sie momentan nicht kümmern.

Heute beweint sie den, der sie aus ihrer trostlosen Abgeschlossenheit herausgeholt und ihr zu einem neuen Leben verholfen hat.

Nicht das Genie, das die ganze Welt feiert, beweint sie, sondern einen guten, aufmerksamen und großzügigen Menschen. Einen Menschen mit einem großen Herzen.

Zur Geschichte: Was wahr ist und was nicht

(Anmerkungen der Autorin)

Giorgio Vasari, der die erste fundierte Biographie Leonardo da Vincis schrieb, hatte ihn niemals kennengelernt. Er war noch ein Kind, als dieser faszinierende Mann starb. Das heißt, von Anfang an blieben viele Facetten des Lebens des Meisters unbekannt. Dennoch wurde vieles überliefert und von denen, die ihn gekannt haben oder ihm auch nur begegnet sind, bezeugt.

Leonardo da Vinci hat tatsächlich die beiden letzten Jahre seines Lebens auf Einladung von Franz I. in Frankreich verbracht und bewohnte das Schlösschen Cloux, unweit von Schloss Amboise. Doch man weiß nicht genau, wann er Florenz verlassen hat. War es kurz nach dem Tod seines Gönners, Giuliano di Medici, der am 17. März 1516 verstorben ist? Oder später, im Herbst oder im Frühjahr des darauffolgenden Jahres?

Fest steht, dass er die Reise mit seinem Schüler und Freund Francesco Melzi, einem neuen Diener namens Battista de Villanis und wahrscheinlich dem wilden Salai – der bald darauf wieder nach Florenz zurückkehrte – angetreten hat und in Frankreich am 10. Oktober 1517 eingetroffen ist. An diesem Tag erhält er nämlich den Besuch von Kardinal Louis d'Aragon. Dieses Treffen wird im Reisetagebuch von Don Antonio de Beatis, dem persönlichen Sekretär des Kardinals, genau vermerkt. Dieser berichtet, dass der „sehr berühmte" Maler ihnen drei Gemälde gezeigt hat, darunter „ein Porträt einer gewissen Florentiner Dame, nach der Natur gemalt". Dass „alle diese Werke sehr gelungen sind", der Meister aber „wegen einer Art Lähmung der rechten Hand nicht mehr malt" und „nicht mehr zu erwarten ist, dass er etwas Schönes hervorbringt".

Der Sekretär des Kardinals berichtet auch, dass Leonardo „einen Mailänder Schüler ausgebildet hat, der recht gut arbeitet" – das kann nur Melzi sein – und der Meister „eine sehr seltsame Abhandlung über Anatomie verfasst hat mit Zeichnungen von Gliedmaßen, Nerven, Venen, Gelenken, Gedärmen und allem, was im Körper von Männern und Frauen untersucht werden kann." Er erscheint beeindruckt, denn er fügt hinzu: „Wir haben das alles mit eigenen Augen gesehen; er sagt überdies, er habe schon mehr als dreißig Körper von Männern und Frauen jeden Alters seziert."

Don Antonio de Beatis erwähnt andere Bücher, die „nach ihrem Erscheinen eine Quelle der Erbauung und Bereicherung darstellen werden". Diese Schriften sollte Leonardo alle testamentarisch Melzi vermachen.

Bei der Mona Lisa, die in Italien „La Gioconda" genannt wird, weiß man nicht genau, ob Leonardo sie Franz I. schenkte oder dieser sie ihm abkaufte. Doch sie scheint in den königlichen Gemäldesammlungen nach dem Tode des Künstlers auf. Man ist nicht absolut sicher, ob es sich um das Porträt der Frau von Francesco del Giocondo handelt, die mit ihrem Mädchennamen Lisa Gherardini hieß, aber noch heute ist das die wahrscheinlichste Hypothese.

Alles, was sich auf die Jugend Franz I. bezieht, wurde den besten Biographien über ihn entnommen. Als Kind lebte er mit seiner Mutter, Louise von Savoyen, und seiner Schwester Marguerite in dem Schlösschen Cloux. Er bewahrte sein ganzes Leben lang eine dankbare Erinnerung an dieses kleine, wohnliche Schloss, das heute noch besteht und Clos-Lucé heißt. Man kann dort übrigens Leonardos Zimmer besichtigen, das mit Ausnahme des nicht originalen Bettes fast unverändert erhalten geblieben ist.

Mathurine hat tatsächlich existiert und war die Bedienstete Leonardos während seines Frankreich-

Aufenthaltes. Er vermacht ihr testamentarisch eine kleine Geldsumme und ein Kleid „aus gutem schwarzen, pelzgefütterten Stoff, einen Stoffmantel und zwei Dukaten, die auf einmal auszuzahlen sind". Caterina, Magdalena und die ganze Familie Antonio Gracis hingegen sind fiktive Personen. Desgleichen selbstverständlich die kleinen Wäscherinnen, der große Gilles oder die Witwe Lardin. Doch die Beschreibung des gemeinsamen Wäschewaschens am Loireufer, das Innere des Hauses Graci oder die Szene der Geburt geben ungefähr das Leben der kleinen Leute am Beginn der Renaissance wieder, das von der Pracht des französischen Königshofes weit entfernt war.

Die Begegnung zwischen Caterina und Leonardo da Vinci hat also nicht stattgefunden, aber es schien mir durchaus plausibel, dass ein neugieriger Geist wie der Leonardos sich für den Fall des jungen Mädchens interessiert. Bekanntlich hat ihn die Akustik genauso fasziniert wie die Optik. Seine Notizhefte legen davon Zeugnis ab. Dort steht: „Wenn du dein Boot anhältst und das Ende eines langen Rohres ins Wasser tauchst und das andere Ende an dein Ohr, dann kannst du die Schiffe aus großer Entfernung hören." Vom „langen Rohr" unter Wasser bis zum Wunderhorn ist es nur ein Schritt, und den habe ich getan!

Leonardo bewirkt kein Wunder. Indem er die

Erziehung Caterinas übernimmt, hilft er ihr, eine letztlich leichte Schwerhörigkeit zu überwinden, die durch das Trauma des Verlustes ihrer Mutter verstärkt worden war.

Und nicht zuletzt fand ich Gefallen daran, einen Leonardo da Vinci zu schildern, der sich anderen zuwendet, der gleichzeitig den Menschen nahe und voller Weisheit ist. Ein Mann, der manchmal müde war, der bisweilen zweifelte, der aber bis zuletzt neugierig und an der Welt interessiert war. So ist er mir beim Lesen seiner Aufzeichnungen erschienen: komplex und faszinierend. Mit einem Wort: menschlich. Und doch wie alle Genies: ungemein rätselhaft.

Leonardo da Vincis Lebensdaten

15. April 1452: Geburt Leonardos. Sohn des Notars von Vinci, Ser Piero, und von Caterina, einem Bauernmädchen aus dem nahegelegenen Dorf Anchiano. Im selben Jahr heiratet sein Vater ein junges, sechzehnjähriges Mädchen.

1468: Tod des Großvaters, der ihn aufgezogen hat.

1466 oder 1469: Leonardo tritt als Lehrling in die Werkstätte Verrocchios ein, eines der besten Künstler in Florenz, der gleichzeitig Bildhauer, Maler und Goldschmied ist. Er bleibt dort etwa zehn Jahre.

1472: Eintragung in das Florentiner Malerregister.

1481: Er geht nach Mailand, wo er bald danach in den Dienst Herzog Ludovico Sforzas eintritt. Für diesen entwirft er eine Reiterstatue, die niemals vollendet wird. Er veranstaltet zahlreiche Feste für den Herzog.

1495: Er beginnt „Das letzte Abendmahl“ im Refektorium des Klosters Santa Maria delle Grazie zu malen.

1500: Rückkehr nach Florenz.

1501-1506: Er arbeitet unter anderem an der „Mona Lisa".

1516: Sein Gönner, Giuliano di Medici stirbt. Leonardo nimmt die Einladung Franz I. an, nach Frankreich zu kommen.

1517: Leonardo, Melzi, Battista und Salai lassen sich im Schlösschen Cloux nieder.

2. Mai 1519: Leonardo da Vinci stirbt im Schloss Cloux (heute Clos-Lucé). Einige Tage davor, am 23. April 1519, hatte er sein Testament gemacht.

Das Lächeln meiner Mutter

Ein Jahr mit Leonardo da Vinci

Marie Sellier

Marie Sellier hat viele Jahre als Journalistin gearbeitet, bevor sie im Verlagswesen tätig wurde. Seit mehr als 20 Jahren versucht sie, der Jugend die Kunst in all ihren Erscheinungsformen näher zu bringen.

An die 100 Bücher hat sie bereits geschrieben und mehrere Buch-Reihen ins Leben gerufen. Viele ihrer Werke sind in mehrere Sprachen übersetzt worden.

Seit einigen Jahren nähert sie sich dem Leben großer Künstler in Form von kurzen Romanen an, die biographische Elemente mit Fiktion verbinden.

Sie hat auch mehrere Fernseh- und Kino-Drehbücher über Maler und Bildhauer verfasst.

Seit 2004 ist Marie Sellier Vorsitzende des französischen Schriftstellerverbandes.

Die Veröffentlichung dieser Publikation erfolgte mit
Unterstützung des *Programmes d'aide à la publication
de l'Institut français / Ministère français des affaires étrangères
et du développement international.*

Dieses Buch befindet sich auf der offiziellen Liste empfohlener
Bücher des französischen Unterrichtsministeriums.

Titel der Originalausgabe:
« Le sourire de ma mère – une année avec Léonard de Vinci »

Gesamtherstellung: Buchdruckerei Ernst Becvar GmbH., Wien

ISBN 978-3-902984-10-4